THE MYTH SERIES

重述神话

重述神话系列图书（The Myth Series），由英国坎农格特出版社（Canongate Books）著名出版人杰米·拜恩 2005 年发起，委托世界各国作家各自选择一个神话进行改写，神话的内容和范围不限，可以是希腊、印度、非洲、美国土著、伊斯兰、凯尔特、阿兹台克、挪威、《圣经》或其他国家和民族的神话，然后由参加该共同出版项目的各国以本国语言在该国同步出版发行。它不是对神话传统进行学术研究，也不是简单的改写和再现，而是要根据自己的想象和风格创作，并赋予神话新的意义。

已加盟的丛书作者包括诺贝尔文学奖、布克奖获得者及畅销书作家，如简妮特·温特森、大卫·格罗斯曼、玛格丽特·阿特伍德、多娜·塔特、齐诺瓦·阿切比、密尔顿·哈托姆、伊萨贝尔·阿连德、迈克尔·法布、何塞·萨拉马戈、阿尔贝托·曼戈尔、A.S. 拜雅特、卡洛斯·富恩特斯、斯蒂芬·金以及中国作家苏童、李锐、叶兆言、阿来等。这是一场远古神话在当代语境下的复苏。这是一场世界范围的联合行动，通过对所涉及各个国家和地区的远古神话的现代语境下的重述，赋予其新时代的意义，寄托更深刻的文化和生存内涵，对现代人们在物质膨胀、精神匮乏的时代里产生的精神家园的缺失给予疗伤，通过神话的重述，让人们产生文化认同感和民族国家意识，更有利于世界的稳定和区域的健康发展。

神话是代代相传、深入人心的故事，它表现并塑造了我们的生活——它还探究我们的渴求、我们的恐惧和我们的期待；它所讲述的故事提醒着我们：什么才是人性的真谛。

For my mother

K.M.Drabble

Who gave me *Asgard and the Gods*

献给我的母亲

K. M. 德雷伯尔

我从她手中拿到《仙宫和诸神》这本书

关于书中人物的姓名

小说中的故事汲取了冰岛语、日耳曼语等不同语种中各个版本的传说，每个传说里的人物姓名都不尽相同。举例来说，伊敦娜（Iduna）和伊敦（Idun）指的都是青春女神。同样，巨蟒耶梦加得（Jormungandr或Jörmungander）的拼写方式也不一而足。我很乐于使用这些不同的拼写，而不愿刻意追求形式上的统一，人们交口相传，对神话的认知也因人而异，本不存在所谓的“标准版本”。

A.S.BYATT

诸神的黄昏

RAGNAROK

THE END OF THE GODS

北欧神话中的灾变末日

[英] A.S. 拜雅特 著　姚小菡 译

重庆出版集团　重庆出版社

目录
CONTENTS

战争中的小不点儿

A Thin Child In Wartime

那场世界大战开始的时候这个小不点儿才三岁，她模糊记得母亲常常讲起的战前时光，蜂蜜流淌，奶油满满，鸡蛋盈仓。她是个骨瘦如柴的病小孩，像只蝾螈，头发却美得像阳光下的几缕轻烟。长辈们常嘱咐她不许做这个，不许做那个，因为那边“在打仗”。生活被战争的阴云笼罩。可话说回来，若不是这场战争，人们不会离开烟囱林立，空气中满是硫黄味儿的钢城，来到这个连敌方轰炸机也没有兴趣的乡间小镇，这孩子或许还长不到今天，命运就是这般矛盾。她到底是平平安安地在这英国乡间的尘世乐园里长大了。五岁起她每天走上两英里去学校，草地上报春花、金凤花、雏菊、野豌豆在疯长，两旁篱笆上从开遍花儿到结满浆果、黑刺李、山楂、犬玫瑰，还有株古怪的白蜡树和它乌黑的枝芽，她母亲看到时总说“黑得像三月头上的白蜡树芽”。母亲的命运也和她一般起伏，因为战时一切从权，打破了旧规矩，她一个已婚妇人才能如愿去教那些聪明的男孩子。小不点儿念书很早，教书时的母亲总是更真实，更和气。父亲远在天边，人们说他在野外，在战场，在非洲，在希腊，在罗马，总之，是在书里才有的世界里。她记得父亲，他长着一头金红色的头发，清澈的蓝眼睛，像位天神。

小不点儿似是而非地知道，大人们眼下生活在恐惧里，恐惧这场一天天迫近的毁灭。他们所熟知的那个世界正在眼前终结。英国的乡村世界还没有像别处一样消亡，既没有被侵占，也没有被敌人碾成泥浆，但即使无人说起，恐惧仍无声蔓延。她心里知道父亲已一去不返，尽管每年年末，全家都要啜一口苹果酒，保佑他平安归来。小不点儿的心底感受到了她尚不明了的绝望。

世界的终结：缘起

The End Of The World

小不点儿很少去想自己从哪里来——至少现在看上去是这样。

相比之下她更关心那个古老的命题：万物为何从无到有？她贪婪地吞读下各种故事，在白纸上记下一行行重重的笔记，将故事的主角分为山岳、树木、星星、月亮和太阳、龙、小矮人还有森林，林间有狼、狐狸，以及无边的黑暗。穿越田野的时候她会给自己讲故事，讲那些荒原的骑士、深不见底的池塘、好心的生灵，还有邪恶的女巫。

年纪稍长，她偶然间翻阅到一本《仙宫和诸神》，那是本结实的厚书，绿色封面上绘着、个迷人的英武身影，是奥丁在天空夜游。他骑在马背上，穿越锯齿般的闪电，撕破乌云密布的天空，下边一个阴暗的洞穴口上，一个小矮人正戴着帽子窥伺，神情惊恐。书里满是精致神秘的钢印插画，绘着野狼、洪水、幽灵，还有漂荡的妇人。

这其实是本专业书，母亲曾经用它来打古冰岛语和古挪威语考试的小抄。不过书是德语的，改编自一位W.威格纳博士的作品。小不点儿就这样一味沉溺于阅读。读到卷首关于“充满隐秘和神奇的古老日耳曼世界”的归来时，她对这个民族的印象变得困惑不已。她梦见自己的床下也有这些日耳曼人，他们把她的父母扔进森林深处爬满绿苔的陷阱，现在正一下一下锯断她的床脚，想要抓住她，毁掉她。这些古老的日耳曼人究竟是谁，是谁曾经和天上的神灵作对，现在又在和夜空中的死神交战？

书里说这些是北欧人民的故事，北欧——挪威、丹麦、冰岛。在英国，小不点儿就是个北方人，她的家族来自那片被海盗侵占过的土地。所以这些是她的故事。这本书让她心潮澎湃。

她总在深夜读书，要么用床单下藏起的手电筒，要么就把书远远举起，借用楼梯间透过门缝的微弱光亮。她读了又读的另一本书是约翰·班扬的《天路历程》（英国文学史上最具代表性的宗教寓言故事，在西方国家通常被看作仅次于《圣经》的基督教经典。17世纪英国清教徒约翰·班扬因不信奉国教，被关押在狱12年之久。《天路历程》是他狱中心血凝成的杰作，讲述了一个坚韧的基督徒为寻求永生而开始荆棘遍布的漫漫长旅的故事。——译注）。她深入骨髓地感受到了陷入灰心沼的主人公承受的重担。沿着他的路途，她穿越了荒野和死荫谷，遇到绝望和恶魔亚玻伦。班扬的故事寓意明了，《仙宫和诸神》却不是这样。后者讲述的是个神话，记载着世界的缘起，充满了魔幻和强大的生灵，最后又归于终结。真正的终结。大终结。

其中一张插图上画着巨人山上的岩石。河流蜿蜒流过裂缝，上方的巨岩高耸入云，仿佛长着骇人的脑袋，树桩也仿佛长出手臂，周遭没有活气的柱体层层迫近。灰色的林尖覆盖着一片山坡，左近海滨上的人群在仰望，他们像蚂蚁般渺小，小到几乎看不到。戴着云朵般面纱的幽灵飘浮在小不点儿和这些景象之间。她读道：

> 像所有神话一样，关于巨人和飞龙的传奇是慢慢发展而来的。起初人们看待自然万物和这些奇怪的生灵一般无二，后来岩石和峡谷成了他们的栖身之所，人们就觉得他们也有灵性，有他们自己的巨人王国。

这幅画给了小不点儿强烈而神秘的快乐。她知道，却无法说出那些精描细绘的奇形怪状的岩石给了她多少满足。正如艺术家希望的那样，读者的眼睛给了作品生命，让它活了起来，一回又一回，从不重样。小不点儿留意到，在她每天走过的草地上，那一片灌木或一根树桩远远望过去像一条蹲伏咆哮的恶犬，而拖曳的树枝则像条蛇，闪着森森然的眼睛，忽隐忽现地吐着分叉的信子。

这样去看，才有了诸神和巨人。

这些巨石让她想拿起笔来。

它们令世界充满了惊人的能量。

空袭演练时，从防毒面具里望过去，她还是能看见它们未成形的脸孔正凝视着她。

每个星期三，小学生们要去本地的教堂上《圣经》选读课。牧师很和善，阳光从一扇彩色玻璃窗透进来，照在他的额头上。这里教授的都是关于耶稣的绘画和颂歌，令人沐浴在温和谦恭之中。有一个场景说耶稣在一片空地前布道，集会的是一群专注可爱的动物：兔子、小鹿、松鼠，还有只喜鹊。这些动物比那位神圣的大人物令人感觉更真实。小不点儿试图回应一下这幅图景，可是没能如愿。

孩子们学着祈祷。小不点儿觉得自己说出的句子陷入一片仿佛由棉纱和羊绒织成的虚空云朵，在直觉上感到一丝邪恶。

在孩童中间，她算得上逻辑分明。她不明白大家所祈祷的这样一位仁慈、和蔼、慷慨的大神，为什么会为了惩罚罪孽而淹没整片大地，为什么会让他唯一的圣子代替众人接受那样让人嫌恶的死亡。这牺牲好像也并未带来什么好处。战争，也许永远都有战争。敌人也许是不可饶恕的坏人，也许不过是上帝受伤的子民。

小不点儿想到，不管是棉纱羊绒一样温和谦恭的故事，还是野蛮献祭般的故事，都不过是人们编造出来的，和巨人山上那些所谓的有生命的巨石一样。哪一种都不是她想要写的，哪一种也填不满她的想象。这些故事只会让她麻木。她觉得自己有这样的想法一定很罪恶，她就像《天路历程》里的“无知”，注定跌倒在天堂大门前的深坑里。她试图去感知罪恶。

但她的思绪径自飘远，飘到了自由自在的地方。

世界之树

Yggdrasil:The World-Ash

我知道有株白蜡树，
唤作世界之树。
毛茸茸的树儿，
被明亮的云朵打湿。

万物皆始于此树。有一个石球，诞生于虚空，球面下蕴藏着烈火。岩石被烈焰熔化，气泡从石壳缝隙间滋滋冒出。浓稠的盐水附着在滚动的石球上，黏液不断从上滑落，石球的形态逐渐发生了变化。球上的任意一点皆可为中心，这树便当然植根于中心之上。它将世界连接起来，从空中到地下，从光明到黑暗，从现实到思想。

这是株庞然大树。根须延伸到深厚的土壤下。繁密的芽尖渐次长成硕大的枝丫，肆意向天际蔓延。三条粗大的主根自地底蔓延过草地、高山和中土之城米德加德，一直通向霜巨人的国度尤腾海姆和雾气氤氲的黑暗冥界。

它高大的躯干内包覆着密密层层的年轮，仍在向外伸延。树皮下成束的导管源源不断地向树枝和树冠输送着水分。水分泽及叶片，叶子在阳光下绽开，又和光、水、空气和泥土融结成一种全新的绿色生灵，随风而动，吸吮雨露。这绿色的小东西噬光为生。入夜，当光退去的时候，世界之树就将它召回，它忽明忽暗地闪着，就像一盏昏黄的灯。

世界之树汲食他物，也为他物所汲食。它庞大的地下根系就像发达的高速路，成为无数菌类的家园。它们依附于此，天长日久逐渐长成了细胞，并孕育出生命。这些生机勃勃的小生物只是偶然间钻出地面，或是冒出树皮，长成了蘑菇和毒菌。它们猩红如血，柔韧如革，和白色的树瘤、苍白脆弱的伞菌还有层层叠叠的突起一道，间错长满树干。它们有时就结在自己的梗茎上，成了尘菌，突然间崩裂，孢子就像烟雾般散开来。它们以世界之树为食，却也给它带去养分，随着水分一起被输送到高处。

还有各种蠕虫，它们有的像手指头粗，有的又像头发丝细，平钝的鼻子拱出土层，噬咬着树根，又供给它排泄物。各类甲虫在树皮里贪婪地啃噬着，有的亮如新铁，有的暗如朽木。啄木鸟们啄穿树皮，吃掉寄生在内的肥美蛆虫。它们在枝头穿梭来去，艳丽的羽毛闪烁林间，或红绿相间，或通体黑亮，或红白相杂。蜘蛛们在枝叶间编织着精美的蛛网，捕食过往的臭虫、蝴蝶、飞蛾和蟋蟀。蚂蚁们或蜂拥而行，或豢养蚜虫，趾高气扬地摆动着纤细的触角。在树枝交汇的低洼处形成了池塘，苔藓迅速生长，鲜艳的树蛙在池中游动，大口吞咽下扭曲摇摆着的蠕虫，并产下细软的蛙卵。鸟儿们立在树梢欢唱，搭建起各式的巢穴——黏土做的杯形巢，毛茸茸的袋状巢，干草做的碗形巢，都隐匿在树洞里。树表千疮百孔，历尽沧桑。

传说在纵横交错的树枝间，还居住着其他物种。听说树顶经年伫立着一只神鹰，淡然歌唱着过去、当下和未来。它的名字——赫拉斯瓦尔格尔，意思是“噬尸者”。每当它扇动翅膀，就是风云大作、风暴肆虐之时。在它头顶还站着一只猎鹰，名叫维德佛尔尼尔。对各类食草动物而言，这宏大的枝丫实在是个天然牧场。这里居住着四头牡鹿，分别是达因、特瓦林、杜涅尔和杜拉索尔，还有一头山羊海德伦，乳房里能泌出蜂蜜酒。一条名为绝望的黑龙盘踞在树根，被一窝蜿蜒扭动的蠕虫缠绕。这黑龙日夜不停地噬咬着树根，而树在不断地自愈。有只名叫拉塔托斯克(牙钻)的黑色松鼠在那里上蹿下跳，挑拨着树顶的神鹰和地下的黑龙。

世界之树巨大无比。它支撑起了天庭和宫殿，同时也遮蔽了万物。它就是整个世界。

树根旁有口泉叫作乌尔达，它深不见底，只要喝下这清冽的泉水，纵不能全知全能，至少也能洞察世事。诺伦命运三女神一直守护在旁，据说她们来自巨人之乡。三姐妹里，乌尔德洞悉过去，维尔丹蒂掌管现在，诗蔻蒂预知未来。三女神还擅纺纱，织造着命运之网。她们既是园丁，又是世界之树的守护神，每日汲取乌尔达的泉水浇灌着它；当树腐烂衰败，她们就拾取泉边的白色黏土，在树根上壅培新土。所以世界之树永远新绿蓬勃。

海中之树

Randrasill

在海草森林里生长着一株巨大的海藻，唤作兰德拉希尔，意为海中之树。它紧紧攀附着海底的大石，在大石上又生出了鞭索似的新茎，比原先的叶柄还要高。这巨藻愈长愈上，一直伸向海面，而那里平静如镜，偶有微风拂过，才荡起慵懒的涟漪。在海天交汇处，这巨藻蔓延成一片藻丛。每片海藻下都生有鼓鼓的气囊将它整个托起。和世界之树一样，这开枝散叶的巨藻上也鱼贯穿梭着噬光的绿色精灵。海水吸收了红光，浮尘和碎屑吸收了蓝光。微暗深海中的海藻几乎遍体通红，而漂摇在海面和紧附在岸礁上的那些，不是鲜绿就是明黄。海中之树以惊人的速度生长着。旧枝剥落，新芽萌发。新生的海藻孢子从藻丛里团团漾出，乳白青绿，四下游弋，只待咬住岩石。和生活在世界之树枝丫根须间的同类一样，海底森林里的生物们既是掠食者，也是别人的猎物。

海中之树是往来游荡的蜗牛和海蛞蝓的天然草场，树上的动植物尽皆为它们啃噬。海绵在叶柄丛中贪婪地吮吸，海葵攀附在海藻上，流苏般的丰腴触手一开一阖。大小海虾、海尾蛇和毛头星顶着触角爪螯小口呷食，浑身是刺的海胆四处游荡觅食。螃蟹家族数量惊人，有小巧的瓷蟹和硕大的蜘蛛蟹，也有蝎子、带刺石蟹、蒙面蟹和圆蟹，有食用蟹和海港蟹，还有梭子蟹和角蟹，每种都有它们自己的一片领地。还有数不清的海参、海蚌、藤壶和其他片脚类、被囊类和多毛类蠕虫。它们都以海中之树为食，又用自己的排泄物和腐尸滋养着它。

小东西们在海洋森林里摇摆穿行，自在游弋，等待着捕食，或被捕。有些鱼会伪装成海草——琵琶鱼用漂浮的面纱把自己包裹成马尾藻的样子；海蛾鱼悬在水中，烂菜叶似的褶皱看上去和海藻没有两样。有种大鱼身体犹如刀片，能够折射阳光，却喜欢潜藏在阴影中，每每游动起来，阳光滤过海面，两鳍摇摆间就变幻起颜色。

海中之树的周围是海底生物的世界，大片的墨角藻、海带、昆布、马尾藻和绿藻一任蔓延。大大小小的鱼儿成群游过，鲱鱼团聚成球滚滚而来，鲔鱼浩浩荡荡匆匆涌过。鲑鱼开始了它们的长途跋涉——迁徙的队伍里有大鳞鲑鱼、银鲑、红鲑、粉鲑、狗鲑和马苏鲑。绿色的海龟啃食着海藻。线条优雅的鲨鱼形态各异，有长尾鲨、尖吻鲭鲨、鼠鲨、翅鲨、豹纹鲨、乌锥齿鲨、白眼鲛和夜鲨，在海底，它们是猎手中的猎手。巨鲸在海洋深处撕裂硕大的乌贼，或是张开大嘴筛滤来往的浮游生物。和陆上的同伴一样，海底生物也在海中的树顶上搭建自己的巢穴，海獭将窝悬吊在海藻下，用前爪拨弄着贝类和海胆。海豚轻巧起舞，又或呼哨歌唱。海鸟在头顶尖啸，骤然扎进海面，仿佛离弦之箭。日升月落，潮涨潮退。潮水涌上沙滩，或在入海口被吞没，或撞上石壁飞溅成白色的水花，或飞流直上又偃旗息鼓归于平静，又或慢慢渗流开来，蜿蜒成一片片三角洲。

海中之树植根于深海山脉的腰间，远离海面，远到射不进一星最微弱的光线。即使这儿也还有生灵。这些来自黑暗世界的生物身被甲壳，要么就长着多刺或臃肿的脑袋，熠熠发光，点亮了漆黑的海底。它们倾斜身子围成鱼线捕食猎物，黑暗中只看得到它们的灼灼目光。

世界之树的脚下是乌尔德泉，泉水宁静、清凉而深邃。海中之树的树底却满是气孔和漏斗，来自炙热地心的蒸汽和岩浆喷涌而出。黑暗里蠕虫横行，白虾玻璃般的触须在闪烁摇曳。来自巨人之乡的诺伦三女神坐在泉边灌溉着世界之树，而海中之树脚下的漩涡激流间，也有海神埃吉尔和澜端坐守护。埃吉尔在海底演奏，乐器是一把竖琴和一枚海螺。鲸鱼和海豚一动不动地悬浮在海中，任由乐声传入脑海，激荡起阵阵回声。这声音就像海上的浮油，有时凝滞，有时惹眼，从海底望上去一片透明，从空中看下来就光芒闪耀。旋律高昂处，能搅起激流，撩动海潮，直没过海中之树。潮水翻滚，青如琉璃，黑若岩石，定格成一幅永恒的画面，而浪峰旋即崩塌，堕入深海，激起无尽的浪花、飞沫和气泡。埃吉尔的妻子澜摆弄着一张巨大的网，围圈起那些跌向无尽深海的已死和将死的生灵。据说还有些好端端的生物，是着迷于这美妙的音律，才跌入澜的网中。至于澜如何处理那些尸骨残骸，至今无人知晓。有人说她将尸骨埋入泥沙，喂了地底的爬虫，也有人说她喜欢收藏世间尤物——晶灿的乌贼，金发碧眼戴着青金石耳环的英俊水手，还有游走不定的海蛇——这些赏心悦目的物事，都被她安置在自己海草蔓生的园子里。而那些见过她真面目的人都从此失明，再也回不到世间向人形容这位海底的女神。

人是人的上帝

Homo Homini Deus Est

战争里的小不点儿思考着万物为何从无到有。她在石砌的教堂里听到上帝的故事，上帝像外祖父一般慈祥，不喜欢傲慢托大，他用六天悠然创造了万物——天空和大海，太阳和月亮，绿树和海草，骆驼，骏马，孔雀，猫狗虫豸，世间所有的生灵都向他唱着欢快的颂歌，就像天使们一直做的那样。他将人类安置好，告诫他们安分守己，不得吃使人分辨善恶的智慧之树上的果子。小不点儿看多了神话故事，早明白故事里的戒律就是用来打破的。人类的祖先注定要去吃那果实，命运原就和他们相悖。上帝只对自己满意，小不点儿不觉得故事里有谁值得同情。

也许那条蛇除外，它可没有自告奋勇去引诱谁，它不过是想盘在枝叶间休息。

仙宫的传说里又是怎么说这世界的缘起的？

纪元之初
杳无一物
无沙无海
亦无寒流
尚未有地
也未有天

虚空裂处

草叶初萌

这虚空之物叫作金恩加格，一个奇妙的名字，小不点儿在心里念了又念。它并非缥缈无定，也有四面八方。北方是浓雾之国尼弗尔海姆，湿冷之地，十二道冰冷的大川发源于此，奔涌而出。南方是真火之国穆斯帕尔海姆，烈焰焦灼，烟雾弥漫。冰山在尼弗尔海姆覆积而成，又被穆斯帕尔海姆的热风融化。一片纷乱混沌之中，一位巨人却就地生成。他的名字是伊密尔，或名奥尔格尔密尔，意思就是沸腾的黏土或沙砾上尖叫的人。有人说，是诺伦命运三女神用来照管生命之树的纯白黏土造就了他。他庞大无比，堪比万物。小不点儿看见他横跨天地，周身闪耀，面容不清，头颅坚如岩石。

金恩加格还孕育出另一奇特的生物—— 一头大母牛，她一面舔食着冰山上的盐粒，一面不停地分泌出乳汁，伊密尔便以这乳汁为食。小不点儿不知他是怎么吃的，那对他来说实在太多了。伊密尔是霜巨人之父，霜巨人们从他的躯干之中生出。他的左臂腋下生出了一子一女，两脚盘起处又生出一子。而此时那奶牛仍在用火烫的舌头舔食着盐粒，久而久之，冰山渐消，巨大头颅的卷发显露出来，之后露出另一个沉睡巨人的冰冻躯体——祖神勃利。勃利甫一出生，就诞出了其子勃尔，而勃尔在某处（哪儿？小不点儿有些好奇，她脑袋里只有满是巨人的金恩加格）遇见了女巨人贝丝特拉，生了三个儿子：奥丁、维利和伟。

这三子绞杀了伊密尔，将他的手足肢解。

小不点儿试图想象这一切。如果将一切按比例缩小，便可以思量：金恩加格大致是个沉重的玻璃球，浓雾在其中像绳索般刮动，而那个黏土塑成的人就躺卧其间，身上霜冻闪耀。那些最初的神灵爬向他，将他撕裂——用指甲，用牙齿，用镰刀，用钩子，用一切可以用的东西。他们将他五马分尸——小不点儿可知道这个词儿。然而他们没有脸孔，他们不是凡人，这三位天神像黑色的幽灵般倏忽而来，又像鼠人那样穿刺搜寻。这些新降生的巨人们最初的作为俨然分为三色，人类便以黑、白、红命名之。虚空是黑色，四面阴霾的黑，深重精美，光滑黑暗。雪巨人是白色，除了他那雪紫色身体在腋窝间、鼻孔里、膝盖下投下的浓重阴影。新晋的神灵们杀伐作乐。殷红的血从伤口里迸出，从脖子倾斜到肩膀，看上去就像一件火烫的马甲，覆盖了前胸和两肋，这血流奔涌开来，猩红色淹没了整个玻璃球，也淹没了世界。血流不可遏止，因它原本就是巨人体内黏土和寒冰下流淌的生命，如今流向死亡。仙宫的传说中有个故事，说另有个叫勃尔格尔密尔的巨人造了艘大船，逃脱了洪水，成了另一群巨人的祖先。德国作者说也许这是效仿诺亚方舟的传说，但小不点儿不喜欢这故事，她希望这传说能够自成一脉。

诸神用死去巨人的肉体塑成了新的世界。小不点儿在想象时深受困扰，因为没有尺寸可以估量，她只能抓住身体的零星碎片和世间万物间的朦胧相似处。

这冰冷如霜的巨人伊密尔
他的肉体塑成了大地
骨骼形成了山脉
头颅化作了天空
血液流成了海洋

他的汗水形成了湖泊，卷曲的头发长成了绿树，头颅里的脑髓化作了飘动的白云。或许是众神从穆斯帕尔海姆取来火种，布洒在苍穹，形成了群星。或许它们本就是光亮，在巨人被杀时，透过巨人头骨上的孔洞缝隙而形成。

各样的蛆和蠕虫噬啮着溃烂的尸体。众神将它筑成洞穴，里面住着矮人，迟钝却强壮的魔怪，还有黑暗精灵。他们用巨人浓密的眉毛筑成界墙，围起米德加德，中土之城。在米德加德的中心他们建造了众神的家园——仙宫阿瑟加德。众神自称阿萨神族，世界的栋梁，而仙宫位于米德加德中心，四面是血海，其外坐落着乌特加德外宫，在那里，可怖的生灵潜行徘徊。

众神还创造了日月和时间。

大地是一具萌芽的尸体，天空是倒覆的颅骨，而日月同样具有人形。太阳是位光彩照人的女子，坐在车内驾驭着骏马阿尔瓦克（早醒者），月亮是位光华夺目的男孩玛尼，驾驭着骏马阿尔斯维（快步者）。黑夜母亲骑一匹黑色骏马赫利姆法克西（霜之马），马鬃上有露和霜落下，她的儿子达格驾着一匹极白的马斯基法克西（光之马）紧随在后，鬃毛间射出极亮的光线。这些神灵在巨人的颅骨和云层间无尽地穿梭来往，而昼夜得以交替。

这些幻影般的华丽驭者和骑士们有些蹊跷，永远有狼群张牙舞爪地追逐着太阳和月亮，迈过茫茫的空间，抓咬着他们的脚踝。

故事里从没提及是谁造出了狼群，它们就那么存在着，阴森咆哮着。它们似乎是为着造物的押韵而生，从不休息，从不疲倦。这个世界建造于巨人的颅骨内，而狼群自造物初始就盘踞脑海。

众神将仙宫建造得美轮美奂。他们制造工具武器，也做金壶金杯，他们投掷金盘，或者雕刻用来下跳棋或者象棋的金人，反正金子多的是。他们造出了矮人、魔怪、黑暗精灵和光亮，最漫不经心的一个当口，为了消遣取乐，他们创造了人类。

有三位天神离开了阿瑟加德，去米德加德的绿野上取乐，那里绿草茵茵，新韭遍野，一片生机。这三位天神是奥丁、海尼尔和洛多尔，而仙宫的传说里说洛多尔很可能是洛基的另一个化身。他们在海滩漫步，捡到两段木头，一段是梣树，另一段可能是桤木、榆树，或者葡萄树的根株。这两段木头平淡无奇。

既无智识
又无感知
无血无肉
无声无色

三位天神却把这两段木头变成活物。奥丁予它们灵魂，海尼尔予它们感觉，洛基予它们鲜血和色泽。小不点儿疑心海尼尔和洛基就是故事里先前消失的两位天神——维利和伟——的替身，而三位惯行杀戮的天神此时便俨然化身为造物主。不论神话还是童话里，天神总是三位，不多不少，所谓万事皆三。基督教的故事里，这三位是戴着十字架的老祖父，受折磨的好人儿，还有扑扇着翅膀的白色大鸟。而仙宫的世界里，奥丁是造物主，那用来凑成三的两位也是。

小不点儿想象着这对新生的树人男女。他们皮肤光滑，宛若新木，双眼明亮，像机警的鸟儿，他们试探性地缓缓动动手指脚趾，载着新生的惊奇，像甫破壳的小鸡小蛇，磕磕绊绊地蹒跚学步。他们咧开嘴，相顾而笑。本是枯木做成的躯体，自然什么也不曾吃过，但新长的两排牙齿又白又硬，甚至还有像狼一样的食肉动物所有的尖利犬齿。

这两棵树人最终的命运喜乐我们无从得知。像故事里的很多角色一样，他们相依相生了一阵子，然后就被黑暗所吞噬。不过奥丁是故事的推动者，还有洛基，设若如小不点儿所愿，这位漫游的天神就是那位神奇的魔术师，众神造人的故事才环环相扣，有迹可循。

不管晴雨，小不点儿都漫步在这片美丽的土地上，背包里是书和笔，背包外挂着防毒面具，沉甸甸的，仿佛书里读到的基督徒一路背负的重担。小不点儿一路走，一路艰难思考着信仰的含义。她并不相信《仙宫和诸神》的故事，但它们却如青烟在脑中盘旋，像蜜蜂在暗黑的蜂巢里嗡鸣。她在学校读到希腊神话，告诉自己是过去的人们将“信仰”加诸那些反复无常争吵不休的众神身上，而她只当它们是神话故事来读。故事里有穿靴子的猫、雅加婆婆、棕仙、小精灵和小仙女们，有的呆呆笨笨，有的充满危险，还有森林女神、树精、九头蛇和白翼飞马珀加索斯。这些虚幻形象带给她的快乐，有时候比现实中更加真实。只是这些可人儿并不存在于她的世界，她也住不进她们中间。

教堂的一侧有个小门，和《天路历程》里写的一样，书上说敲敲门，它就向你敞开。她穿过那扇小门一路小跑，扔掉书包摘掉面具，却不得不拾起另一个重担——她得去相信那些自己不能相信的东西，而不论在脑海在心底，在喘息未定的胸口还是目不能及的所在，她都不愿去相信。班扬应该有厉害的办法惩治她吧，让她失足滑进沸腾的油锅，或是被恶魔的利爪越过树顶掠走。

可牧师在布道时是那样温雅，她要是不信就太失礼了。

这片洁净的石地散发着黄铜和木质打磨抛光的味道，英文的祈祷声在其间回荡。最全能慈悲的父，我们离开了圣道，走错了路，如同失群的羊，我们常随自己的意思，放纵自己的情欲，违背了您的圣律，当做的不做，不当做的倒做，性情柔弱，无力自救，求主赐恩与我可怜的罪人，认罪者求主怜悯，悔罪者求主赦免。

小不点儿对祷文烂熟于心，有时沿着树篱一路走着，她还会唱起来，抑扬顿挫，留心押韵，想象着那只迷途的羔羊在灰蒙蒙的旷野上四顾无依，低声哀鸣。可她依然对教义无感，什么圣父、圣子、圣灵，她只是不信。她悄悄说出来，立时觉得自己就是童话里的坏女孩，喉咙嘴巴里塞满了蠕动的青蛙和癞蛤蟆。

匆匆上学的路上和放学回家的漫长午后，她自己编织出草地的神话，教堂内，学校里，那些神话在唱着：

看那银子般的雏菊
看那金子般的金凤花
那就是我们的宝藏
我们爱惜又珍藏

看那钻石般的雨滴
和那闪闪的晨露
还有那蓝莹莹的婆婆纳
耀目的蓝宝石就是她

小不点儿喜欢去看，去学，去给各种东西起名字。

雏菊，白昼之瞳，学到这儿她心底欢喜地悠悠一颤；金凤花，光泽的明黄比金色还要讨喜；鲜黄的蒲公英开遍原野，叶子是小小的锯齿形，绒头比羊毛还要细巧，种子是一个个小黑点，看上去像是池塘里一团团果冻球中的小蝌蚪。春天里原野上开满了报春花，而灌木篱墙上，杂草纠缠的河岸边，山楂树篱和白蜡树下，到处都点染着苍灰的樱草花和各色紫罗兰，从浓烈的深紫，到摇曳在纯白上的一点浅绛。母亲告诉她，蒲公英的意思拆解开来是狮子的牙齿，她喜欢这样说文解字。这儿有野豌豆和篷子菜，勿忘我和婆婆纳，毛地黄、牛舌草、峨参、柳兰和老鹳草、碎米荠、白屈菜、剪秋罗还有仙翁花，颠茄缠绕在篱笆上，酸模说是对伤口和叮蜇有益。她一样样看过来，看它们一簇簇点缀在草地上，或是伶仃绽放在沟渠和石缝间。

杂草纠葛的河岸上生机勃勃，然而大多可闻不可见，它们在枯叶间沙沙作响，又或静默与人相互聆听。你听得到藏匿的鸟儿和潜伏的仓鼠在凝神窥伺。蜘蛛在编织它们完美精巧的陷阱，或隐藏在诱人的蛛网下伺机而动。一年四时总有蝴蝶来去翩翩，鹅黄玉白，鲜蓝深橘，而那墨黑的就像片片丝绒。遍野的蜜蜂嘤嘤嗡嗡，吮吸花蜜。树梢和天空是鸟儿们的天下，云雀从平地直冲蓝天，纵声歌唱。画眉衔起蜗牛，重重摔向石块，留下空空的裂壳。乌鸦跨在枝头，沙哑嘶叫，簇在树顶召开堂皇的议会。八哥也纷纷聚拢，像黑色的羽翼盘旋头顶，又像青烟萦绕不散。田凫在鸣叫。

小不点儿在池塘边垂钓，那里的蝌蚪和小鱼多得数不清。她采了一大束野花带回家，有含蜜欲滴的九轮草，蓝色花托的轮峰菊，还有犬玫瑰。花儿转眼枯萎，小不点儿也并不可惜，总有更多的花儿又会在原地萌发。小不点儿心想，它们盛开，枯萎，凋谢，年年岁岁花相似，明朝春风吹又生，到她作古也依然如故。她最爱的是那野罂粟，绿草如茵的河畔被这花儿点染得绯红如血。她喜欢摘一朵含苞欲放的，绿色的花萼上满是绒毛。她把花苞剥离开来，拽出皱皱的殷红花瓣，铺展在阳光下面，指尖触到花瓣丝一般的光滑，只略觉有些潮湿。她心里知道不该这么做，她折损了花儿的寿命，硬生生地阻断它自然的舒展，只是为了满足自己的好奇心，一窥那殷红花瓣褶皱下的隐秘。花儿即刻在指尖枯萎，不过花儿多得是，而且一直都是那么多。就像那田野间的绿篱白蜡树，那杂草纠葛的河岸，还有过往的人儿踩出的小路，这众多的生命形式，而撂下花束和防毒面具的小不点儿，只是其中一粟。

仙宫

Asgard

众神在仙宫宴饮作乐，吃的是金盘里的佳肴，饮的是金杯中的蜜酒。他们喜欢金属物件，尤其是金器，把从侏儒们暗黑的锻炼作坊里掠来的无数精巧饰品和魔戒囤积起来。他们相互间恶作剧，并且争吵不休。他们到米德加德的边境去挑衅那些巨人，再打道回府自吹自擂。小不点儿觉得基督教的天堂和北欧的仙宫一样无聊，或许是凡人无法了解他们的缘故。圣徒们唱着圣歌，将头顶的金冠掷落在明净的海边，金冠，海洋，这些词儿都很美，只是，永生这件事儿就把小不点儿弄得很厌烦。

众神之王奥丁住在瓦尔哈拉英灵殿，殿堂恢弘，宫顶由金盾铺成，五百扇大门端方林立。那些战死的勇士，所谓恩赫里亚，都由仙宫的侍女瓦尔基莉们从战场上选回，成为宫殿里的上宾。他们曾经以战争为生，便永远做了战士。每天白日里他们外出互搏，至死方休，傍晚又起死回生，在瓦尔哈拉宫殿放量饮啖。烹烤的是一头野猪沙赫利姆尼尔，当它的骨肉血髓被啃咬吸吮干净后，又会重新活转，体格结实，鼻息轰鸣。所以日复一日，它就这般一次次被宰杀，烹烤，享用。

小不点儿一想起奥丁就忍不住害怕又兴奋地打哆嗦，觉得他既邪恶又阴险。奥丁有一目被剜，为了喝到智慧之泉的泉水，他将一只眼睛献给了守泉的老巨人密弥尔，密弥尔是尤腾巨人们敬畏的首领，他通晓历史、传说、魔咒，还有智慧的卢恩文字。奥丁常乔装成一个老头潜行，披一件灰色斗篷，戴一顶阔边帽盖住凹陷的眼窝。他喜欢出谜题，那些答错的就被杀死。他随身带一柄长矛冈格尼尔，上面刻着解开人类牲畜乃至尘世间一切谜题的卢恩文字。奥丁从世界之树上折取一根枝条，做成这柄长矛。枝条被修剪成型，也因此留下一截伤口和一处疤痕。（瓦格纳的歌剧里最先讲到这段故事。——译注）

书中有一幅画绘着奥丁被缚，这位不速之客被国王葛洛德用绳缚住两腕绑在殿内，被两堆火腹背炙烤。那是幅绝妙的画儿，神秘的黑色身影蹲伏在熊熊火焰间，脸上无喜无悲，兀自沉思。不吃不喝的八个昼夜过去，奥丁终于得到一牛角杯的麦酒，他一饮而尽，开始纵声高歌，唱仙宫的传说，唱英灵殿内的武士，唱世界之树和它的万物之根。奥丁随即现出真身，国王倒在了自己的剑下。奥丁难以捉摸，他接受人类的献祭，献祭者被捆在树干上，心肺贯穿肋骨，摆成“血鹰”的样子。奥丁自己曾历经折磨，这些磨难令他更加强大睿智，也更加危险。

我曾在狂风中倒吊在树上
整整九个昼夜
被一把献于奥丁的长矛所伤

自己献祭给自己
而那棵树扎根何方
却无人知晓

没有面包充饥，没有滴水解渴
我向下窥望
树下浮现出卢恩文字
我取得了这文字的奥秘
大声尖叫，跌下树来

而我已学会九种强大的咒语……

奥丁是荒野狩猎之神，也叫风行之神。他率领天马、猎犬、猎人和幽灵般的武士驰骋天际，不知疲倦，永无休止。号角在风中怒号，马蹄肆虐，怪物般庞大的星椋鸟漫天席卷而来。奥丁的坐骑史莱普尼尔是匹八足天马，疾驰如电。夜里小不点儿躺在一片漆黑的卧室，凝神倾听，一声遥远的哀鸣，螺旋桨搅碎了夜空，惊雷在头顶炸开又轰隆远去。祖父家旁边的机场被轰炸时，她亲见过那烈焰吞天，听过那爆裂如雷。她瑟缩在橱柜的下层，据说当行猎的大队经过，凡人要匍匐在地上退缩回避。奥丁既是死神又是战神。小不点儿生活的村庄周边偶有车辆经过，多半是被称作“护卫队”的那种，小不点儿觉得那是一列卡其色的军车，颤巍巍地摇摆前行。有些车后坐着年轻的小伙子，孩子们朝他们挥手，他们咧开嘴微笑，随着颠簸的车身起落。他们来来往往，不知所踪。人们都喊他们“我们的孩子”。小不点儿想起父亲，他已在北非上空阵亡。她不知道北非在哪儿。她想象着父亲火红的头发在炭黑色飞机的烈焰中飞舞，四周螺旋桨在轰鸣。飞行员也是荒野猎手，时刻以身犯险。书上说猎手一旦摔落，就粉身碎骨。这是个富有意义的好故事，故事里有恐惧，有危险，有人力所不能及。

白昼四野明媚，夜空中却弥漫毁灭的声息。

人对人是狼

Homo Homini Lupus Est

说到洛基，却很难去界定他。他不算阿萨神族也不是尤腾巨人，不住阿瑟加德也不住巨人之国。仙宫众神大都率真直白。男神沉湎战争宴饮，女神醉心美貌，钟爱首饰，彼此嫉妒。青春女神伊敦住在世界之树的青枝翠叶间，掌管着青春之苹果，供给众神。有一回一个巨人将伊敦连同她的苹果一齐掳走，洛基就化身猎鹰将她攥在爪内带回。众神之中只有洛基通晓变化之术。他曾经变作一匹美丽的母马，驰骋在米德加德的草原上，迷惑住了为阿瑟加德承造城墙的巨人的神马——这马与她交配，后来就生出了奥丁的坐骑，八足天马史莱普尼尔。他又变作一只扰人的苍蝇，偷走了爱神芙蕾雅美丽绝伦的金项链“情热之链”。洛基熟谙那些隐秘的所在。他曾扮作天真烂漫的农场少女，从乳牛身上挤奶，他变化身形的时候性别也随之转换，狡猾难料。他变作海豹同守望之神海姆达尔格斗，又变作鲑鱼，时而跃出瀑布，时而畅通无阻地潜行于地下。

日耳曼人认为洛基的名字代表火神，也有人说他是空气之神。后世的基督教作家将他与光之使者路西法合而为一，路西法是堕落的晨曦之子——魔王撒旦。洛基的美丽毋庸置疑，却难以目睹，因为他总是闪烁摇曳，或是与周遭消融混合。他有时是一团不定型的火焰，有时是湍急瀑布里一缕针般的细流，有时又是一阵无形的风，赶着漫天的云朵巨浪般向前翻滚。你会看见天际一棵光秃秃的树被风折弯，扭曲的枝条左支右绌勉力支撑，却突然凌空现了这魔术师的真身。

洛基顽皮而危险，亦正亦邪。雷神托尔是众神中的猛士，能够呼喝雷雨，天父奥丁是众神之王，而性情难料的洛基就用火焰制造种种惊奇取乐。

众神需要洛基的聪明智慧来帮他们解决问题。每次他们鲁莽地和巨人们定下契约又想打破时，洛基就指给他们出路。洛基是终结之神，愿意的话他可以化解所有问题，只是他的终结方式常常带来更多的麻烦。

从来没有洛基的神坛和石柱，他无人供奉。神话里有三大主神，天父奥丁、黑暗神霍德尔，然后就是火神洛基。神话中大神为首，洛基位居第三，而在童话和民间传说里，三神虽然依旧各司其职，位次却迥异，地位最高的是第三位，最小的儿子洛基。

洛基的妻子西格恩住在仙宫，爱他至深，两人生有二子：瓦利和纳尔弗。

但洛基在阿瑟加德始终是个外人，或许故事里都需要这么一个异己分子。

小不点儿将这些故事读了又读，对里面的人物却没什么好恶——她很难将自己的想象加诸他们的所作所为中。她是个冷静的读者，偶尔困惑，偶尔饶有兴致地旁观。不过洛基算是个例外，所有人物里只有他既幽默又聪明。他变幻的身形是那样迷人，他的智慧也独具魅力。小不点儿面对他时拘束不安，却满怀同情，相比之下，奥丁，托尔，还有最最英俊的光明神巴尔德，都是一成不变的老样子，无非是英明、强壮、惹人爱慕。

那妖后住在铁树之林的东面
她养育的狼群中有一头叫作芬里厄
这魔狼注定要长成恐怖的巨兽
有一天会吞噬月亮

阿瑟加德的城墙外有一片铁树之林，这片草地之外的所在幽暗可怖，盘踞着半人半兽，乃至半神半魔的生灵。诗中的妖后说的是痛苦使者女巨人安格尔波达，她面容凶残，一身狼皮，齿尖爪利。洛基与她戏耍，欲念被煽起，遂强行与她交合。女巨人想要逃开，终被攫住无法挣脱。他们相互嘶吼咆哮。西格恩一定认不出这得逞后仰天长嚎的残暴巨人会是她的丈夫。洛基可曾预见到日后他孩子们的形貌？一个是只幼狼，已经长出一排森森利齿和黢黑的喉咙。一个是条雏蛇，蛇冠上生有丰满的触角，牙齿细密如针，尖利却不输兄长；

她通体暗黄，每每伸展盘蜷，鳞片上会闪烁血红的光芒。

第三个孩子是个女巨人，后来成了女神。她体色古怪，骨骼强硬，笔直的脊梁，修长的双腿，结实的手足，那张面孔却只能用冷峻形容。脸颊如雕刻般棱角分明，宽阔的嘴唇紧闭着，不苟言笑，藏起了一口利牙，那是狼才有的牙齿，用来撕扯咬啮。她鼻梁挺直，眉色黑如烟熏，像地狱里“森林”的代称，好比山间长出了海草。她眼窝深陷，里面嵌着对一眨不眨的深黑眼珠，像两摊焦油，或是两口不见天日的暗井。可那半黑半蓝的体色实在是古怪，见过的人说像是身子一半还鲜活一半已经死去。有时看上去像是有条线从冠冕到头颅，沿着鼻子下颏胸骨耻骨一路向下，直到两足之间，将她界为清晰的黑蓝两色，有时候这两色却又彼此交错蔓延，美妙处仿佛暮色降临时天际最后一抹蔚蓝和黑暗相接，可怖时又像备受折磨的垂死肉体上泛起的瘀青。她习惯裸睡，就在两个骇人的同胞身旁安然蜷曲，在这毛鳞、狼唇和毒牙的包围中合上眼眸，同他们一起制造出粗重的喘息和沙哑的嘶鸣。三个孩子让洛基欢喜不已，他亲自喂养，看着他们一天天长大。谁知道他们日后会做出什么呢？他们就这样，长大，长大。

奥丁端坐在他的宝座上，握着他那无敌的长矛，俯瞰着阿瑟加德、米德加德、巨人之国和铁树之林。他有两只黑色的大乌鸦，一只叫胡基(思想)，一只叫穆宁(记忆)，每天飞出去刺探消息再回来向他报告，这一回，奥丁暴戾的脸孔转向了铁树之林。

在天地初生，伊密的鲜血在金恩加格泛滥的时候，洛基和奥丁原是义兄义弟。他们曾经歃血盟誓，也曾共乘一船逃脱洪灾。如今奥丁强加秩序，洛基却偏喜捣乱。众神知道这三个孽种十分厉害，日后会成为大患。于是奥丁派了破晓之神海姆达尔和战神蒂尔前去捉拿。他们越过连接起仙宫和外面世界的彩虹桥，涉过伊文河，直抵霜巨人的暗黑领地，那是洛基栖身的所在。他们拿住了三个怪物，带到奥丁的宝座阶前。那幼狼打了个哈欠，雏蛇自顾盘旋成一个花结，女巨人赫尔刚直伫立，蓝黑分明，无声凝神。

奥丁一一发落。他抓起其中两个扔向空中。那雏蛇凌空微弱一闪，随即飘飘坠入环绕着米德加德发光的黑色海面。她舒展开身体游了一阵，随波浪起起落落，倏地沉下身子，便不见了影踪。众神见状，都拍手喝彩。赫尔被奥丁掷往黑暗苦寒的浓雾之国尼弗尔海姆。她依旧刚直不曲，如离弦之箭，又像灵敏的导弹，一刻不歇地在日月星辰间坠落了九个昼夜，途径飞快交替的太阳与月亮，掠过杉树树梢拂过根须，穿过尼弗尔海姆不见天日的沼泽和冥河冰冷彻骨的急流，到达了海姆冥界，成为这幽冥之地的主宰，统治着那些未能战死沙场荣归英灵殿的亡者。冥河上的桥是纯金所铸，而赫尔周遭的铁篱高不可逾。黑暗的宫殿里，宝座静待着她。这浑身青黑淤紫的女神，这畸形的孩童，从此要在这里度日。深黑的褥垫上放着一顶白金王冠，嵌着月光石、凝泪般的珍珠和霜也似的水晶。赫尔拾起王冠和一侧的权杖，霎时间不计其数的死灵洪水般涌入殿堂，蝙蝠样窸窸窣窣，又无形质可循。赫尔迎接她的子民，依旧面如冰霜。他们围着她盘旋往复，孱弱呼哨，殷勤侍奉。餐盘中交错着果品肉类的叠影，酒杯里闪耀着蜂蜜葡萄美酒的幻象，杯口还泛出缥缈的泡沫。

而那幼狼命运如何呢？狼群来势汹汹越过思想之林，你听得见它们黑暗中的嚎叫，声声相迫又彼此呼应，那是欢腾的一众齐鸣。狼蹄肆虐而不知疲惫，狼群消失在视野中，却盘桓在脑海之间：狼鬃，狼唇，狼牙，狼血。火光和满月的光辉倒映在它们慑人的眼珠里，点点斑斑的光亮在漆黑中森森闪烁。人类对狼群满怀敬畏，它们成群出没，彼此紧紧相依取暖，追逐猎物时敏锐无比，而喉间的咆哮就是它们相互间的召唤应答。在仙宫，奥丁的足前也蹲伏着两只驯服的幼狼，他把不吃的肉全投给它们。狼群注定是自由而凶残的，它们是犬类的祖先，而后者更加通晓人性，终究取代了头狼成为看家狩猎的良伴。诸神和凡人都豢养群犬以猎杀狼群，这两只幼兽也许是在父母被宰杀后从狼穴里带回，被人喂食养育长大，又或者是各自落单，蜷伏在空旷的林中嘤嘤哀号，被好心的妇人捡回驯养。它们转头望月，齐声长啸。

战神蒂尔既是猎手也是战士。他披一袭狼皮权作斗篷，毛茸茸的硕大狼头就耷拉在他的络腮脸颊旁，眼珠已经黯淡，面孔依旧狰狞。奥丁正踌躇该如何处置这头唤作芬里厄的幼狼，蒂尔就自告奋勇要驯养它，或许日后这畜生能追随他打猎。芬里厄喉间低声咆哮，耷下了耳朵。小不点儿不明白，为什么全知全能的奥丁不干脆剿杀了这幼狼和雏蛇，它们明摆着怨毒可怖，对仙宫诸神又满怀憎恶。但显然奥丁不能这么做，还有另一种力量约束着他，规定了这故事的雏形和走向：这些孽畜须得活下来，而诸神只能去禁锢抑制它们的作为。蒂尔自以为懂得这狼，因为他懂得野性。他将芬里厄带去米德加德的森林饲养，在林间与它追逐游戏，等它再长大些，他们就能一起狩猎。

芬里厄一天天长大，像它父亲一样野性难驯。它咆哮起来可真的是音色丰富，时而低沉时而高亢，一时吃吃低吠，一时纵声长嚎，嚎声撕天裂地，愈响愈远，一直传进遥远的阿瑟加德。众神听到都心神不宁，只有蒂尔还把这当作野性的乐章。这幼兽长成了蹦蹦跳跳的小狼，野猪般大小，喜欢捕杀小动物取乐，蒂尔也只当是它顽皮游戏。雪地上扔满了血迹斑斑的野兔，森林里也尽是开膛破肚的小鹿，而芬里厄已经长到一头公牛那么大。它制造出各样的纷乱喧嚷，响彻在米德加德，偶然一片不祥的沉寂，必定是它在暗中追踪猎物，而就连天神也不晓得它这一回盘算的又是什么。蒂尔拿来上好的猪腩和鹅肉，来安抚它博它欢心。芬里厄吞咽干净，照旧嘶嚎杀虐。

众神终于决定要拴起这狼，说是拴起，其实是用镣铐铁链将它牢牢禁锢捆绑，制造那铁链的材料十分坚固，当初曾用来弥合天地，防止混沌爆发。奥丁用以统治世界的长矛折取自生命之树的一根树枝，上面刻着司正义的卢恩文字，但凡人间有了纠纷，奥丁就挥动长矛掀起战争，终结勇士们的尘世生命，带回英灵殿予他们永生，伴随他们的是永无休止的宴饮游乐。众神掌管着世界。可这暴怒的芬里厄狼是洛基的儿子，而洛基性情诡谲阴晴莫测，他嘲笑众神的一本正经，还大放厥词说他们终将失败。

冥冥中总有力量在引导着众神，他们最终决定饶这畜生性命，只将它拘禁折磨，为这还需用诡计诱它合作，使它顺从。

众神打造了一条叫“雷锭”的极坚固的铁链，带着它一起去森林里寻那恶狼，笑盈盈地说这是特意带给它的玩意儿，它可以拿来展示自己的力量有多么大。只要让他们假意拿这链子缚住，它再挣断开来，就足以证明自己强大的筋肉和神经了。这狼被激得脖颈通红，但还是机警地冷冷打量众神，瞳孔眯成一星点儿。它抖抖光灿灿的皮毛下硬铁般的肌肉说，自己当然能做到，只是何必折腾一场？众神忙回答说他们立了个赌约，赌它要多久能挣断这链子。两边僵持不下，芬里厄立在这林间旷地的边缘，刹那间便能跃进黑暗的森林，或是张牙舞爪扑向众神，只有守望之神海姆达尔听得到这畜生的毛孔扩展，血脉贲张，他一向守卫着仙宫的大门，听得见田间细草萌发和羊儿绒毛生长的声息。芬里厄匍匐在地，伸长利爪，犹自审视“雷锭”，海姆达尔却已看准它心思，走上前说，来玩吧。于是众神用这铁链把芬里厄四足扎起捆紧，下巴牢牢缚住，避开它滚烫厚重的呼吸，而它现在看上去就像头待烤的公牛。这狼哑声嘶吼一声，发现喉头已被扼死，它左右翻覆摇晃脑袋，拼力咳嗽摇摆，迸起周身关节发力挣扎，那铁链竟然断裂开来，应声落地。芬里厄站稳脚步，睥睨众神，喉结翻滚，像是满足地咕噜又像低声咆哮，谁都听得出那是这畜生在笑。它放眼看过来，像是不介意再玩一局，众神却已经抽身退步，返回阿瑟加德。

众神叮嘱工匠务必做到更好。他们又巧手熔合锻造了一条叫“德洛米”的新锁链，比原先那条更坚固一倍，带着它又去找芬里厄。这狼歪着脑袋测度一番，告诉众神这链子看上去确实结实，不过它自从摧毁“雷锭”以后也长了些块头。众神乘势诱骗它说，要是连这样一条密致打造的锁链都能挣断，它必能天下闻名。芬里厄站定了思索片刻，竟也十分渴望成名，欣然允许众神又将它捆缚起来。捆好之后它开始激烈挣扎，扭曲撕扯，四足踢踏间，那锁链居然断得粉碎，四下飞溅。这畜生得意扬扬地望向众神，吐舌窃笑。它仍在不停长大，海姆达尔远在天边，也听得到。

众神派出年轻的信使斯基尼尔下到侏儒们的黑暗王国求助，侏儒们用种种不可思议的物事打造出一条细纱般的软索。它由六种成分织成：猫的脚步声、女人的胡子、岩石中的树根、熊的警觉、鱼的呼吸，还有鸟的唾液。这软索轻若无物，滑如丝绸，完全像是条精致的长缎带。于是众神第三次找到芬里厄，用花言巧语骗它来试试这软索到底有多结实。他们一个接一个上手撕扯这软索，不能动它分毫。芬里厄心生怀疑，想要拒绝，又怕被众神嘲笑堕了威风。于是它直说自己怀疑有诈，除非众神中有谁愿意把手放进他嘴里当作担保以示诚意，它才愿意一试。众神面面相觑，还是蒂尔挺身而出，他伸手覆在这畜生灼热的额头上，当它是头不安的猎犬，然后镇静地把手放进它口中。众神用这软索把芬里厄从头到尾一圈又一圈捆了个结实，两肋四爪都没放过。这畜生猛力扭曲挣扎，那软索却越缠越紧，牢不可脱。于是这暴怒的恶狼喀嚓一声，将口中那只手连皮带骨生生咬断，而众神只是漠然看它啮咬吞咽干净，然后包扎好蒂尔血流不止的残肢。芬里厄怒目圆睁，叫嚣说今天它能吃掉天神的一只手，有一天就能屠戮全体神族。而众神置若罔闻，又用一条叫作“盖尔加”的绳索将它拴牢——这绳索本是格莱普尼尔软索的一部分，自然坚韧无比。绳索的另一端穿过一块叫作基奥尔的巨大石板牢牢系紧，众神将石板深埋地底犹恐不牢，又用一块名为特维提的巨岩压住这坚石。恶狼咬牙切齿，厉声嘶嚎。众神哈哈大笑，拔出一把长刀插进它口中，刀柄抵住下颚，刀尖刺进上颚。这畜生痛苦翻腾，哀号声声，撑开的两颚间鲜血汇流成河，名为希望。

什么希望？

奥丁和众神都心知肚明，这恶狼的时代终将来临。终结之际它会加入自己的家族复仇。恐怖可以预见，譬如芬里厄或加尔姆挣脱束缚的时刻，加尔姆是条血斑巨犬，守卫着赫尔地下宫殿的大门，它同太空里那两条永无止歇追逐日月交替的恶狼原是亲眷。小不点儿读过之前的故事，知道这坚实的世界是伊密尔肢解而成，而苍穹是他头颅所塑。她眼前仿佛有幅精刻版画，画中日夜交替，太阳和月亮在华贵的战车内驾着骏马驰骋而过。小不点儿眼见日月无情狂奔，深知他们生活在无尽的恐惧之中。身后的恶狼绷直了身子不知疲倦地竭力追逐，颈毛尽竖，长舌吐露，只等前面的猎物一个踉跄跌绊，就扑上前去。小不点儿不晓得这些狰狞的畜生都从哪儿来，传说它们是铁树之林里阴郁的女巨人的后代，恶狼芬里厄的血亲。小不点儿心想，或许曾有段时日，太阳和月亮这对造物的宠儿能够自在漫步，走走停停，消磨掉一个惬意可人的白天，一个酣甜无梦的夜晚，或者整个美好的夏天。有个古老的故事里提到这两头恶狼的名字，逐日的那头叫斯库尔，逐月的那头叫哈提。小不点儿因此想到，这光明和黑暗的交替，这日夜与四季的轮回，原来都是恶狼追逐下恐惧的结果。秩序来自锁链和爪牙的恐吓。小不点儿冷冷看下去，读到另一头恶狼玛纳加尔姆到来的预言。它饮血为生，吞噬星辰，鲜血溅污了天穹，这畜生的恶行混沌了日光，引得狂风肆虐，摧毁了森林、住家、田野和草原，连海岸也遭殃及。眼见万物的秩序已岌岌可危。

耶梦加得

Jormungandar

1. 浅滩

那雏蛇被奥丁掷入苍穹，一路变幻形态。有时她通身僵直，像一杆标枪轻捷滑过天际，海藻般的鬃毛在尖锐的颅后飞散飘扬，毒牙烁烁；有时她纠缠成环，像卷曲的长鞭，又像盘旋在风中的轻柔缎带。她痛恨当下的骨肉分离。不过这畜生十分敏感，身边呼啸而过的空气让她欢喜：她嗅出了松林、石南、沙子和海水的气息。她看见海面连绵不息的波纹，白色的浪花，钢青色的海水，转眼已俯冲入海，感受到那切肤的冰冷，先是头，再是身后拖曳的重重的尾巴。她愈行愈下，被新鲜感所包围，一头扎入海底，搅起纷乱的沙粒，自己却在凸起的礁岩间滑行。她曾是陆上的野兽，在铁树之林长大，一向在绿荫深处玩耍，尘土里头打滚，如今才开始适应这咸湿的海水。她体内感觉到从未有过的轻盈，竟懒懒地浮出了海面，阳光在她湿滑的身上泛起粼粼银光，乍一看像条幼鳗。起初她只待在浅滩，血红的鼻孔一张一阖，呼吸着岸边的空气。她蜿蜒爬过坑坑洼洼的岩池，沿着潮汐的界限滑行，一路囫囵吞食下螃蟹、帽贝和牡蛎；她用尖利的毒牙咬碎蛏子的硬壳，伸出分叉的舌头挑起多汁的鲜肉。她热衷于探究各种伪装，比如寄居蟹蜷缩在遗弃空壳里的把戏就被她识破。

她没有眼睑，尖尖的脑袋上一对敏锐的眼睛就那么兀然睁着，赞叹地审视着眼前隐匿在沙地上的比目鱼。它们通身星星点点，仿佛密密洒满了沙粒，扁扁的脑袋上缀着两颗鹅卵石般的黑眼珠，焦虑地四下打转。她羡慕那两鳍和尾巴间精妙的褶皱线条，像一道阴影泄露了它们苦心融入沙地的身体。她吹动沙粒，尖尖的舌头立时就勾住了这些鱼儿。她十分享受，吸吮吞咽，吐出残骸。她像是永远吃不饱，也常常无端大开杀戒，有时是出于好奇，有时是单纯嗜好，有时就是因为无所事事。

于是她在这海里一天天长大，肉肉的鬃毛间长出鳃来，这样除非为了消遣，她再不用探出水面或游去浅滩呼吸空气。

她自己没有特意地伪装，但早些时候人们很难看到她，因为她身形敏捷，又行踪狡猾。她包裹在光滑透明的鳞片下，皮肤黑红相间，有时阳光流转，在鳞片的折射下还会泛起青绿。她喜欢躺在一大片墨角藻之间，拿它们当毯子和靠垫，和它们一起懒洋洋地随着潮水起伏，吸进去，吐出来。她的身体随意盘卷起来，像湿漉漉的海草一样自然服帖，触角拱成的蛇冠像一丛植物，一双警觉的眼睛从中窥视。

她在孤独的海湾里独自嬉戏。风平浪静的时候她游出海面，舒展开身子随着波浪起伏，她放松全身，像海上的浮货残骸般肆意漂浮。波涛汹涌时，大蛇也被卷至浪峰，亮晶晶的双眼像是海浪上两个硬币大小的光点。她弓起身子，随洁白的浪花一道呼啸而下，冲向沙滩，肆意翻滚。有一回她刚结束一个漂亮的纵跃，一抬头就看见眼前一个披着斗篷的身影，高大威武，一顶低低的帽子遮住了眼睛。起初她以为是独眼的奥丁又来折磨她，于是昂起脑袋，准备蓄力一击。那人却转过脸来注视着她，她认出了那帽檐下的面孔，那是伪善的洛基，狡猾的洛基，是她的父亲洛基！即使是她，也很难确认洛基的样貌，因为他无时无刻不在变幻自己的形象。他摘下帽子，露出乌黑的卷发，咧嘴一笑。

“幸会，我的女儿，你长大了，也出息了。”

她撒娇地盘绕在洛基裸露的脚踝上，问他为什么会在这里。他说来看看自己的女儿，顺便探究海浪的奥秘，看它们无迹可寻的表象下面，是否隐藏着某种规律？海上的波涛一浪逐一浪，绵延不绝，看似一成不变，但海水终归狂野不羁，四下飞旋，那散落的泡沫之中，又是否存在什么特别的秩序？蛇儿答道，海浪打在身上，就像是小针轻轻扎着皮肤，十分惬意。洛基蹲下身来，将湿漉漉的鹅卵石和透着微光的五彩贝壳砌成一排。他说他想绘出这蜿蜒的海岸线，但不是像诸神和人类那般，为了建造港口停泊大船粗粗画一个千篇一律的半月形大海湾，而是细细描摹每一块石头，每一条溪流，每一隅海角，哪怕那里纤细如手指，或者精巧如指甲。沙蚤和沙鳗也不能遗漏，因为万物紧密相连，牵一发而动全身，打个比方，对一条鳗鱼的过度关注或者视而不见，都可能导致整个世界的倾覆。“所以，”洛基向蛇儿说道，“我们要了解万物，至少尽力而为。诸神有卢恩密语护佑行猎，主宰战争，但他们只知道敲敲打打，砍砍杀杀，从不细察。而我一直都在探究，我了解世界。”他伸脚把蛇儿踢回浅滩，透过指尖凝神静听，猛然俯身拨开沙子，拽出一条黑色的沙蚕，那沙蚕刚毛尽竖，孟浪挣扎。洛基随手将沙蚕掷给蛇儿，她便一口吞下。

2. 深海

经过这一次之后，蛇儿和洛基经常见面，而见面的地点也从浅滩延伸到了深海。饥饿的旅程里她沿着长长的渔线蜿蜒而下，常和渔人的吊钩擦身而过，或是撞上捕鱼的笼子和网袋，里面的活物看到她，或勃然大怒，或噤若寒蝉，或目瞪口呆。她热衷于将肥腴的鳕鱼从弯弯的鱼钩上解救下来，或是撕扯开鱼篓让里面的猎物四散而去。她吞下一些鳕鱼，看其余的鳕鱼瑟瑟发抖地游走。她从网里放走一大群青鱼，又转身扑向下一群，大口撕扯，囫囵咽下，任凭猎物的鲜血和残渣沾污了海水。她看到一个精巧绝伦的钓钩，就浮出海面去问候那位身披斗篷的渔人。他那渔网由极其复杂的绳结打成，绝非常人可为。蛇儿喜欢绕着渔人的船儿游动，一旦听到召唤就湿漉漉地浮出海面，欢声嘶叫。

他们玩起了伪装和识别的把戏。洛基对蛇儿道：“来捉我！”话音未落，人已不见，青天下只有那斗篷的阴影一闪即逝。有时他变作一条离群索居的小小鲭鱼，根本无迹可寻。鲭鱼那油光发亮的皮肤本就是绝佳的隐蔽，所到之处漾起层层波纹，如太阳投下暗影，月光照透深水，又像摇曳的水草和鱼鳞摆动过后忽闪的波光。蛇儿明知洛基就在眼前，却还是无从分辨。她赌气向鱼群猛冲过来，洛基又摇身化为白昼或暗夜里的一道光影，无形无质，只隐约在水中点染一星光亮。他闪烁流动，将蛇儿引向鱼群，自己又变作一条旗鱼，和她一道追逐。鱼群受了惊，就像笨重的畜生落了单，挺着肚子惶然失措，在那里辗转挣扎，浅粉青绿靛蓝铁灰晃得人眼花缭乱。蛇儿和洛基一道驱赶着狂乱的鱼群，看它们骚动不安溃不成军，觉得其乐无穷。他们一次次冲入鱼群，把大部队冲散成团团转的散兵连，追上掉队的鲭鱼，就随口吞下，赶上了侧面部队，也张开大口一个不漏。蛇儿总也吃不饱，因为她一直在长大。起初她只有一条胳膊粗细，渐渐就长成大腿般粗，而身子犹在不断膨胀，那一身筋肉出入海中，就像长长的钢索击打着海面。她伏下身子穿行，沉重的身体挫伤了海草，又将海底的生物碾得粉碎。

那一张血盆大口越张越大，一口森森毒牙愈发坚硬锐利，又因为吞噬了海底无数的骨骸残壳愈加粗壮。

她出没于世界各地，从冰冷刺骨的一极游到另一极，或是穿行在烈日炙烤下火热的海水中。她从冰架下游过，穿过幽蓝的岩缝和孔洞，亮出毒牙就咬住一只俯冲入海扑食的信天翁，又几口吞嚼下一头圆胖的海豹幼崽，一面吐出牙缝间缠结的皮毛。她游进红树沼泽，在根须盘结的烂泥间急急吞下招潮蟹和跳跳鱼，把壳吐在满是泥巴、烂叶和海草的乱摊子里。饱餐后她躺在泥巴里向上仰望，隐约看到人类的身影。她朝着海面喷吐毒液，鱼儿转眼喘起粗气，不一会儿就浑身僵直翻起白肚。这蛇懒洋洋地挪挪身子，张口将肥美的鱼儿连同毒液一并吞下。

她兀自前游，绵延数英里的水母大军就从眼前漂过，它们鼓起透亮的伞膜，精巧的触手分泌出剧毒，随波摇曳。巨蛇一口吞没，浑不在意。毒素没能伤她半点儿，反都积蓄进她毒牙后的液囊里，就像水银一般充斥她全身。她朝着海豚和僧海豹的双眼喷吐毒液，把它们弄瞎再一口吞下，没消化的残渣被她随口吐出，慢慢沉向海底，冲散在湍流之中。有一回她潜入水中捉一条庞大的刺鳐，那鱼儿身子扁平，气味呛人，眼睛半闭，尾巴细长如鞭。她正抬头准备出击，却隐隐觉得哪里不对劲儿，迟疑间只见那刺鳐倏地一下，变幻了优雅的身形。它没入黑纱般的暗影里，再次现身的时候已变作一头小白鲨，全身油灰，咧嘴狞笑。蛇儿这才醒悟又是父亲的把戏。

一次偶然的机会，耶梦加得蠕行于海草森林，抬眼却看见海中之树和海底花园。也许那树并非固定生长于一地，否则她在海底穿行多次，又怎会从未见过这满树的金黄海藻、琥珀色的叶柄和庞然巨爪般的强劲根脉？此时这蛇已有水蟒般大小，要是在沼泽地里，她就是最粗最长的一条。不远处暴风雨席卷了海面，海底的火山爆发，喷涌出滚滚浓烟，火红的岩浆凝结成浮石漂浮在海面，而海中之树周围的一切依然平静如昔，一片丰饶：海绵、海葵、蠕虫、龙虾和各色的蜗牛穿梭来往，放眼望去，一片星星点点的暗红灰白、墨黑奶黄。通体斑驳的海蛤蝓贪婪呷啜着海藻内的胶质，成群的鲍鱼盘栖在根脉四周，红红绿绿的外壳深浅错落，最肥美的还要属白色的那种。海胆竖起满身的棘刺，啃噬着浓密的海草。每当大树随着水波轻轻摇摆，就有成百上千双眼睛借着海藻的遮蔽向外窥望。幼鳗如细针一般在藻丛间穿梭，拖曳着彩旗似的扁长躯体，和海草交缠难辨，耶梦加得懒懒卧倒，饶有兴致地辨识它们的踪迹，警觉的双眼透过浓密的藻丛，渺如针尖。海龙潜藏在摇曳的灌木丛里，硕大的海藻鱼却无需遮蔽，她们刀片似的身体望上去和肥厚的藻类没有两样。海面上的浮藻也被搭成巢穴，海鸟随意停栖，水獭将杂草拧成吊床，软软地斜倚在上面，灵巧的爪子抓过鲍鱼，翻转过来吸吮壳内的美味。

耶梦加得一脸渴求，这是她第一回望见海底之树。她无法踏入这片神奇的丛林，因为这身体已经太过庞大和沉重。她就像一个路人，在黑暗潮湿的天色下，透过街边的橱窗，目不转睛地盯着里面陈列的璀璨珍宝。她抽身退步，弯下骇人的脑袋转身离去，浑不知下次再见到这树时，这份心情已全然颠覆。

她继续长大，体型超过了陆地上的所有蛇类。她现在有河口一般长，望上去像横穿过沼地的大道。她食量渐涨，学巨鲸那般滤食磷虾，又大口吞下成群的鲱鱼。她游向深海，那里堆积着五颜六色的乌贼肥硕的尸体，抹香鲸张开沉重的下巴用力撕扯。她还不敢贸然向鲸鱼发起进攻，虽然有一次也啃过一头死鲸的残骸，满嘴浓烈的鲸脂味儿，一群群盲鳗扎进鲸鱼的身子贪婪猛吃，都被她一口吞下。她打算朝游动的大乌贼下口，她撕扯下那长长的触手，尖利的毒牙咬向它灰白的眼睛，就在这一片漆黑的海底，在它喷吐的黏稠墨汁间将它吞食干净。

如今她饥饿而贪婪，俨然大江一般宽阔绵长。她围着冰川打转，追逐一头若隐若现的海兽，到头来却发现那是她自己。那曾经圆滑的脑袋正一天天变得粗糙不平。她跟在一队虎鲸身后，而虎鲸正冲向一大群海豚，它们前后紧随，在冰冷的海面搅起汹涌的浪花。其中一头虎鲸孑然而行，通体异乎寻常地光滑闪亮，全身的纹路黑白交错，仿佛一方润湿的大理石。它咧开大嘴似乎在笑，那眼神却不像是讽刺——显然又是洛基的杰作。这魔头和女儿相互致意，一个摇晃着蜿蜒的蛇冠，一个长声呼啸，尾鳍噼啪拍打着海面。

父女俩一道捕猎。他们捕食大鱼——那种肥嘟嘟慢吞吞又懒洋洋的鳕鱼，有些块头和人差不多大。他们是肆意挥霍的掠食者：只吃肝脏和鱼籽，将鱼翅和骨头尽数丢弃。猎物里最有趣的也许还要数蓝鳍金枪鱼，那是种温血鱼，皮肤光滑，游弋如飞，眼睛明亮，形似坚盾，背鳍是明艳的绛紫，鱼腹却是珍珠般的淡白。他们撞上人类设下的陷阱，那些无处不在的渔网有着奇巧的入口、通道和内室，将鱼儿引向屠笼。他们肌肉颤动，亮出各自的毒牙利齿将笼子扯裂，看鱼儿重获自由蜂拥而出，乐在其中。有时他们一笑置之，有时就大开杀戒。他们冲向鱼群，从侧翼发起攻势。他们捕食海豹，手法和其他虎鲸一样，这满身黑白纹路的凶猛海兽咧嘴狞笑，身子笔直地悬在海中，露出眼睛四下浮窥，紧接着就扬起鲸尾，猛烈地拍打着海面，卧在岩石上晒太阳的海豹们被这汹涌的浪花冲落海里，送进巨蛇已然张开的大嘴中。

他们在海中徜徉玩闹，回回都是以血染大海和吃到腹胀告终。

巨蛇还在不停生长。那躯体浩浩荡荡，仿佛陆地上一支行进中的军队，又宽阔无边，像隐藏在深海下的洞穴，绵延进无尽的黑暗中。她越来越喜欢待在暗无天日的深海，那里阳光罕至，食物稀少，四下还闪耀着火红和深蓝的奇异光亮。她在海底遇见过山脉，还有各种烟囱和柱子般的裂口，喷吐着腾腾热气。她吞食下海底白色的小虾，卷裹出岩缝里细长的蠕虫。她无声地逼近，它们却一无所知。因为她实在太过庞大，早已超出了它们的感知。她就像连绵的火山：那脑袋宽大得快要赶上海藻森林，覆满了藻叶、皮毛、尸骨、贝壳和断裂的渔线吊钩。她体重惊人，缓慢爬过五彩斑斓的珊瑚群，将它们压得粉碎，只留下一道苍白惨淡的海床。

托尔垂钓

Thor Fishing

有天这巨蛇浮出深海，冷不防看到个和自己一般骇人的脑袋，头上生着一段血红的残角，顶着对玻璃球般的眼珠，眉毛浓重，鼻孔惹眼。她膨起身子，像头浮窥的虎鲸横扫海面，狼吞虎咽，可牛一般粗壮的咽喉里却塞了个重重的钩子，大得足够吊起锅炉，之前她还没来得及看清就一口囫囵吞下了。此刻有人从上面猛地一拉，浸没的钩子就连带着蛇头被一同拽起，在一片四溅的恶臭水花中冲破海面。

上面是条渔船，和她之前在海里玩耍间偶然弄沉的那些没有两样，不过这只船里坐着两个人。一位霜巨人，灰蒙蒙的身上泛着银白和淡蓝的光辉，霜似的茂密头发倾泻下来，和满脸火红的胡须结成一片。渔线的这端是吊钩和她牛头大的脑袋，那端是另一张炭黑的脸孔，暴怒蛮横，狰狞可怖不下于这蛇。浓眉下的双眼闪着红光，一头烈焰般的赤发，大簇苍灰的胡子，那是船上的另一位——雷神托尔。他握着鱼竿将她拖拽上船。这蛇一点点露出水面，最后整个身子都被拔起，高耸在船头，就像一根巨型桅杆。巨蛇嘴里吃痛，还是死死咬住鱼钩，往海里纠扯。鱼竿被她的蛮力折弯，颤动不已。托尔紧紧握住钓竿，任凭大船在海里打转。巨蛇抖动起骇人的鬃毛，朝着他喷吐毒液。雷神怒目圆睁，拼力和她周旋。旁边的霜巨人颤声叫道："我们死定了！"天空暗淡下来，乌云聚拢成黑色的云堆，巨蛇还在奋力扭动长声嘶鸣，可是托尔岂能让她得逞。霎时间雷声轰鸣，一道闪电刺破云层，劈在巨蛇身上。这蛇从没受过这样的痛楚，不禁连声呼哧，在海面翻滚。钓竿被吃了力的渔线拉弯，但是强大的卢恩咒语令它牢不可折。

那个名叫希密尔的霜巨人此时却移身过来，他踩过满船的积水，挥起一把硕大的猎刀，用力砍断了渔线。巨蛇低吼一声，沉身入海。托尔勃然大怒，拿起随身那柄短把的雷锤掷向蛇头，那蛇被他击中负伤，蛇头喷涌而出的黏稠的黑血在海面打旋。锤子跌进海中，没入黑暗，那蛇便摇身去追。希密尔沉下脸道，托尔定会后悔刚才这一掷。托尔还在气头上，照着那石头脑袋就是一拳，将他打飞进海里。希密尔只得自己涉水游回岸边。那蛇在岩石上翻覆磨蹭，想甩掉钓钩和拖曳的渔线。她张开大嘴撞向尖突的礁岩，终于咳出这要命的钩子，顺带从喉间扯出一串淤黑的碎肉。

自此之后这巨蛇愈加暴怒，愈发肆意杀戮，常常一时兴起就冲碎船板，或是将海底的树木连根拔起。有天她游过海藻森林，又看到海中之树兰德拉希尔—— 一段时间不见，这树已经挪了地方，它身披琥珀色的金光，扎根于海底，飘荡的海藻仗着身下鼓鼓的气囊，将硕大的叶柄高高托起。上次见到这树她满心欢喜，这回却一心一意只要屠戮，不管是来去穿行的剑鱼海马，还是柔弱的海獭、筑巢的海鸥，甚至满身带刺的海星和海胆、幼小的水母、纤细的海鳗，就连粘着在海草上的蛞蝓和海螺都不能幸免。她张开大口撕扯藻叶，抖擞两边鬃毛，弹落所有寄居的住客，狠狠啃向叶柄。扯裂的枝叶软软地挂着，剥落的残枝在水里打转。四下一片漆黑，只有污泥翻滚，搅起黏稠的漩涡。

她拖曳起沉重的躯体继续前行，经过成堆的珊瑚礁和贻贝，就将它们碾得粉碎。有一天，微暗之中，她看见一个摇摇晃晃的身影，一抽一搐，不知要往哪里去，起初她以为那是头受了伤的大鲸在海底休息，怒气未消的耶梦加得放心上前，猛咬一口，竟有种钻心的疼痛绕了大地一圈传回她的脑中。那竟是她的尾巴：她的身子已能整整环绕这海底一周。她心想不如就这样一直伏在海底休息，可这儿四下都是荒凉的黑色岩石，浸没在无边的空落落的黑暗中。她抬起头来，奋力卷起身子向上方游去。如果要休息，她也要选一片繁茂的水域，拿珍珠和珊瑚当床，看成群的鱼儿在眼前游动，张口就能咬住，头顶的海面上不时有大船划过，投下阵阵阴影。它还要将脑袋搁在茂盛的海藻间，那里的食物取之不尽，足以满足她这骇人的胃口。

巴尔德

Baldur

小不点儿心中的光明神巴尔德英俊无双，可惜书里说他注定要死去。她想起教堂里那幅油画，绘的是耶稣对百兽讲道，里面那一身温雅白衣，散发着金色光辉的耶稣也是同样的宿命，不过他还会活转，来审判活人和死灵。至少世人都这样说。写《仙宫和诸神》的那位博学的德国作家，在书里用诸多段落阐释了关于太阳和草木的神话。冬至起太阳没入黑暗，植物缩回地底，颂歌里唱道：大地坚硬如铁，流水冰冻如石。故事里无不歌颂春天的归来，太阳高高照耀，树叶萌出新芽，草地一片明媚新绿。

巴尔德没入黑暗，却没能归来。小不点儿多了个新念头，把事物分为两类，去而复返的，和一去不归的。她那飘舞着火红的头发在非洲烈日下翱翔的父亲，在她心里就归入后者。尽管每年的圣诞节，全家都举起小小的玻璃杯，啜一口苹果酒祝愿他来年平安归来，但其间总有些不可言说又触手可及的微妙教她知道真相。有周而复始的传说，就有戛然而止的神话，而这位美貌天神的命运不巧是其中一件，小不点儿觉得这未尝不是一种圆满。她一年到头的反复阅读像是赋予它另外一种恒久的重生。故事已经结束，她却又将它重新开启。

她明白这些天神从一开始就都满怀忧虑和恐惧。阿瑟加德有城墙防御，岗哨守望。某种气息悄然弥漫，似在期待覆灭之日的来临。故事里说到美丽的青春女神伊顿，她住在生命之树的翠绿树荫间，将永葆青春和力量的金苹果分与众神。有天她忽然莫名消失，她一向在枝叶间笑靥如花，现在没有了她的身影，树木渐渐枯槁凋敝。鸟儿不再歌唱，欧瑞里尔井中的生命之水由诺伦三女神照管，向来深邃清冽，如今也凹陷滞浊。

奥丁派出他的神鸦胡基（思想）去找寻伊顿的下落。这大鸟四下盘旋，直下到黑暗侏儒的领地去询问侏儒首领达因（死亡）和特拉因（僵硬），却无法将二人从沉睡中唤醒，只听到他们喃喃咕哝着毁灭、黑暗、恶兆和终结。乌鸦带回了这些谜一样的字眼，而天空正向金恩加格沉陷，万物分崩离析，气流翻腾涤荡。其实在暗夜之父老巨人纳尔弗的巢穴里有一株垂垂老矣的梣树，伊顿就被藏在那树根下，众神找到她时，她已瑟瑟颤抖得说不出话来。他们用白狼皮将她裹起，覆住眼眉不叫她看到自己当初跌落的树枝，伊顿才渐渐平复。诺伦三女神中的长姊乌尔德伫立在智慧之井旁，众神连连追问她究竟有什么变故，是时间和死神的暗算，还是众神自己的改变？伊顿还是裹在苍白的兽皮里颤抖，年老衰颓的乌尔德身披黑色的薄纱，如同慵懒的侏儒一般昏昏欲睡。她们不能回答，只是默然垂泪。

泛滥的眼泪从眼中溢出，飞溅到指间。硕大的泪珠一颗接一颗从满涨到迸开，像一面面镜子映照出众神疑问焦虑的脸庞。曾经缓慢流逝的日子忽然开始加速飞驰，仿佛一意奔向某种结局。

光明神巴尔德也被睡眠俘虏。他像头懒洋洋的冬眠动物，不知不觉陷入恍惚沉梦，一觉不醒。他梦见恶狼芬里厄张开血盆大口，挣脱了紧紧缚住它的魔绳，咬断了插在两颚间的长刀。他梦见巨蟒耶梦加得伸展开身体，盘绕起中土之城，浮出浪涛，喷吐毒液。他还梦见赫尔和她的黑暗宫殿，梦见她半生半死的脸孔和苍白黯淡的王冠，赫尔身边虚设一盏酒杯，巴尔德分明知道那是待他前来入座。小不点儿心知大多梦境都缥缈稀薄，果决的人儿可以断然割弃，要么就权作旁观了一场西洋景或是解答了一道新鲜谜题，不至于为它恫吓。但也有真正恐怖唬人的梦魇，比清醒的世界来得更真实，令人窒息的厚重，遍布已知和未知的伤害，而梦中人就是那逃无可逃的受难者。

战争里头她也在做着这样的梦，有时候傻里傻气。她一次又一次梦到“德国佬”藏在她的金属床架下，一根接一根地锯断床腿，转眼就要把她抓走。即便醒转过来明知荒谬，她还是觉得他们就在那里，在公交车站和咖啡馆里的海报上，灰色的钢盔潜伏在长椅和茶桌下，监听窥视，伺机突袭。当他们真的到来，世界也就随之终结，而小不点儿清醒时从未想象过那一时刻。

她还梦见德国人抓走了她的父母，将他们捆起，扔进黑暗的铁树林间的洼地。二人手足被缚，孤立无援，躺在腐朽的蕨类和落叶间。她看见德国人戴着灰色钢盔的模糊身影，他们来来去去，若有所图，用金属和绳索做一些她看不懂的事。她自己藏在后面，扒着碗沿偷觑这些惊惧的俘虏，压根不敢想德国佬要对他们做什么。在小不点儿心里，最可怕的莫过于有一对无助的父母。在她循规蹈矩被庇护周全的童年里，这始终是道不能弥合的裂缝。她梦到自己尚不明了的事情，梦见父母的恐惧和无常。她是个惯于思考的孩子，于是努力把这点想通，知识素来都意味着活力和快乐，而这回的结论却让她受伤。

她想到那些搜集来“日耳曼民族的故事和信仰”，写下《仙宫和诸神》的善良而智慧的德国人，他们究竟是谁？她听见有人将故事娓娓道来，紧紧抓住她的想象，又把一切疑惑巧妙开解，这声音又来自何方？

芙莉嘉

Frigg

女神芙莉嘉决定教世间万物立誓不伤害巴尔德，不管是陆上、空中，还是海里的任何生灵。编写《仙宫和诸神》的德国学者引用斯诺里·斯图鲁松所著的古冰岛散文集《埃达》[《埃达》，冰岛学者用文字记载下来的北欧神话集。现在可以查考的主要有两部：一是冰岛学者布林约尔夫·斯韦恩松于1643年发现的“大埃达”，或称“诗体埃达”，写作时间大概在9至13世纪之间，它包括14首神话诗；一是“后埃达”，或称“散文埃达”，由冰岛诗人斯诺里·斯图鲁松（1178—1241）在13世纪初期写成。它是“大埃达”的诠释性著作。——译注]，在书里写道：万物向芙莉嘉庄严许诺，立誓者从水火铁器金石到飞禽走兽爬蛇，以至泥土树木疾病毒药。小不点儿试图想象那场景。书里有芙莉嘉的画像，身材颀长，庄严高傲，头戴后冠，长长的浅色头发在风中飘扬。她穿一件紧身锁子甲上衣，一条端雅长裙，脚下那双希腊式系带便鞋多少有些不搭调。为了这趟使命，她是驾车出行，还是徒步前去？小不点儿脑海中有一幕幕忠实而生动的场景。

她看到这尊贵的女神驭车纵贯长空，向云朵、闪电、冰雹、暴雪和洪水呼唤，请求它们不要伤害她的儿子。小不点儿想象那诸位正来去匆匆，循声小驻，听完来意哧然一笑，也只好默许省得啰唣。她也看到这女神徒步跋涉，踩过陡峭的山脉周遭险峻的小径，亲临天地初分时充塞着可怖巨石的混沌世界，书上说那里是众神和霜巨人初生的地方。这周身闪烁着金色微光的女神，勇敢地向所有这些异形的存在开口，恳请它们允诺巴尔德周全。一片寂静之后，它们终究无声默许。芙莉嘉匆匆赶往山脚，黑暗的地下洞穴里毒龙和蠕虫正咬啮着世界之树的根脉，她向那猛兽恳求，向洞穴闪闪的四壁恳求，向沙砾和岩块，向石头里错综嵌杂的金银锡铁铅各色纹理恳求。她向滚烫的熔岩和沸腾的浮石恳求，向红蓝宝石猫眼翡翠恳求。小不点儿想得入迷，仿佛听见这些原本无生命的万物在那里彼此耳语，瑟瑟沙沙，终于应允。万物本是一体，如今它们一一许诺，便是世界答应了永不伤害这至美的光明神巴尔德。

有时小不点儿会想象百兽依序成列，像要登上方舟，又像造物伊始。一头头皮毛光滑的畜生都是长嘴利齿，时刻蓄势嘶嗥咬噬。各色豹子和鬣狗狮虎眼底燃烧着熊熊火苗，豺狼并立，欢腾跳跃，这是假想敌的联盟。如今它们纷纷许诺，一同立誓的还有凄厉嚎叫的狭鼻猴，生着毒牙的鸭嘴兽，冰地和丛林里的大熊——憨态可掬的脸孔只为了掩饰它们心头的恶念，还有灌木篱间的一切掠食者：黄鼠狼、白鼬、獾子、雪貂，以至地鼠。这些动物和在林间空地上听那神圣牧师讲道的小兔和松鼠们可没有半点关系。它们生性残忍，血红的爪牙生来就为了掠食，而捕食和被捕只在一线间。现下它们也停歇立誓，芙莉嘉舒了口气，继续前行。百鸟也向她许诺，老鹰、大雕、鹞子、松鸦、喜鹊，还有折起两翼倒挂在洞穴里的吸血蝙蝠。

小不点儿一想起蛇就战战兢兢，她曾看过蝰蛇蜕下的皮壳，蛇头是钻石样的菱形。她想象一排毒蛇开口嘶嘶许诺，有蝰蛇、蝮蛇、金环蛇、眼镜蛇，有的毒牙森森，有的喷吐毒液，还有响尾蛇、丛林里伸缩出没的大蛇，以及王蛇和水蟒。海蛇在油滑光亮的海面上盘旋闪烁，泽鳄和短吻鳄在水域横行，海里有线条溜滑的鲨鱼、轻快的虎鲸、硕大的乌贼、蜇人的水母，还有逐队成群的金枪鱼和鳕鱼——它们也都一并立誓。这队伍像是要一直排到世界尽头，有些成员似乎难以为害，比如牡蛎、蠼螋、森林里的银莲花、珊瑚礁上的海葵，还有成百上千种草叶。不过有些外表无害或样子迷人的植物其实是满身毒素的凶手，像乌紫的颠茄，垂下明黄花束的金链花，还有各种艳丽的毒蘑菇。

除了草木禽兽，斯诺里还列上疾病，可是你要怎样教一种疾病发誓无害？小不点儿自己深受哮喘困扰，因为这病她只能躺在床上翻看百科全书还有《仙宫和诸神》的故事。于是她把这纠缠已久的哮喘想成某种确凿存在的异类生物，它通体纯白，薄如蝉翼，展开了身子寄生在她体内，贯穿她艰难呼吸的肺部，占据她混乱眩晕的大脑，像植物一意要扎根于石缝，那步步相扼的劲道与蟒蛇和无花果藤如出同源。这怪物咬住她不放，她也只得适应和它共处，学着小心坐卧，护住胸口。她想象芙莉嘉迫切请求疾病别伤害巴尔德的情景，还有它放手答应的简短瞬间——麻疹有张暴躁气恼的脸孔，天花的脾气火爆贪婪，但它们还是勉强应允了。麻疹以前害得她一大片皮肤焦炙，水痘也曾在她身上肆虐，迸起一个个脓疱。但它们都答应了芙莉嘉，不伤害她宝贵的儿子。

万物被这些契约连为一体。大地像一条精美刺绣的巨大织物，或者一幅华美的挂毯，底下的丝线细密交织，错综相连。春夏里小不点儿穿过田野去学校，麦田四周滚边般花团锦簇，开满了猩红的罂粟花，绚蓝的矢车菊，还有大片的金盏花、金凤花、报春花、野毛茛、羊菊苣和黑柴胡，各种阔叶草、红瓣花、荠菜、鬼针草和野香芹错落点缀。微风拂过牧场，吹现了长草间挤奶女工的身影，随即又隐没在玉凤花和两耳草的簇拥中。

蠕虫在地下忙碌。千足虫来去穿梭，弹尾虫手舞足蹈，各种甲虫都忙着掘洞产卵。毛虫和蛆兀自蠕动，有的做了雏鸟和秋老鼠的美餐，有的奇迹般地蛹化成蝶，浅金玉白，茶赭绛紫，鲜蓝淡青，薄荷水绿，有的双翅点染着条纹和皱褶，斑斓的花纹仿佛一双嵌在黑丝绒上的眼睛。云雀从玉米地里疾飞冲天，盘旋歌唱。田凫在头顶跌跌撞撞，叫声里拖着长长的鼻音："啾咿——啾咿——"小不点儿自己有专讲花鸟的书，她读完一样样记下：麻雀、照莺、歌鸠、田凫、红雀、鹪鹩。它们四处掠食，自己也是别人口中的美餐，一岁将尽，它们渐次凋零不见，明年夏至又结队归来，年年如此。而尽管有万物的承诺庇护，巴尔德还是注定要死去，就像小不点儿的父亲那样，永远不再归来。

书里没有记载芙莉嘉向人类请求的情景，或许相较众神，凡人实在微不足道。也许这里没将他们包含在内，或者会在其他故事提及。总之这幅图卷里没有人类的身影，所有的华彩光辉和明暗起伏都与他们无涉。

小不点儿深知这誓言不会作准。总会疏忽点什么，总会遗漏掉某个地方，宿命无法扭转。每个故事进行到这里，不管将至的结局如何，总会有地方出岔子。即使是神灵，也做不到万全的防备，只等一个漏洞、一回游移、一处脱针，或是一瞬的疲倦疏忽。芙莉嘉教万物立誓不得伤害她宝贵的儿子，可故事早已注定他的结局。

众神欢聚一处庆祝这世界大同，大地、空气、水火，连同其间万物都凝聚一心，大家终于如愿以偿，肉搏呐喊，宴饮作乐。他们发明了一种围拢混战的消遣，大家群起攻击某个手无寸铁的对象，当然这对象非巴尔德莫属。英俊的光明神欣然站定，甘做众人的靶子，微微有些得意于自己的刀枪不入。众人把所有想得到的武器都朝他掷去，棍、杖、石、斧、刀、剑、匕首、长矛，最后连托尔的雷锤都被用上。这些武器到了巴尔德跟前，就美妙地一个回旋打回投掷者手里，个个都变作毫无威力的飞去来器。众神接了又掷，密密匝匝的箭矢飞也似的射过去，再歪歪斜斜地折回，这是他们玩过的最过瘾的游戏。大家哄笑连连，乐此不疲。

一个老妇人走进芙莉嘉的水晶宫，芙莉嘉对她的身份来路没起丝毫疑心，因为她看起来和其他任何老妇人都没有两样，事实上，她活脱脱一个老妇人的标准模子。如果你盯着她看，你会觉得有些太过完美，她脸上颈间爬满了密密的皱纹，黑裙子外边罩着件抖抖索索的长斗篷，明显是一身老妇人的日常装束。她望向你时，即便你是阿萨的王后，也禁不住那对灰暗眸子的冷冷注视，忍不住觉得要和她交谈。她周身仿佛笼着一层微光，引你向她开口，似乎为了这个她才凝聚成形。不错，她就是形态莫测的洛基，在这里施弄魔力混淆视听。芙莉嘉着了道儿一般问道：大家都在外面做什么，这样喧闹鼓噪?

他们在拿各样武器去掷光明神，都伤不了他半分。老妇人恭敬地回答，必定是某位至尊至贵的神明劝服了万物，教它们一律不得伤害巴尔德。

故事循迹发展，芙莉嘉欣然答道是自己，是巴尔德的母亲游说了万物，换来它们的承诺。

“当真是万物？”老妇人追问道。

“噢，瓦尔哈拉宫外西边的白蜡树上有株幼小的槲寄生，我走过那里险些没看到它，它太幼小柔弱，勉力存活犹恐不及，还发什么誓。”

小不点儿暗自揣测，她必定还是有些担忧的，不然又怎么会记住这株微不足道的小植物？

老妇人倏忽间就没了踪影，仿佛从没来过。芙莉嘉心想，也许连日辛苦疲倦，一时花了眼。她侧耳听去，外面众神正兴高采烈，肆意叫嚷。

洛基立刻去寻那槲寄生——作为凶手它实在柔弱不堪。它依附在大树的枝丫间，纤细的茎条蜿蜒探进枝脉，像一条条昏昏然的金线虫，在叶片的吮吸吞吐间沾取一点水分。这植物没有枝条，甚至没有片像样的叶子，就是一团蜡也似的细茎缠结一处，上面错生着奇怪的钥匙形的小突起，结满了发白的胶冻似的浆果，半透明的果肉里头，黑色的种子赫然可辨。

小不点儿见过冬天里光秃秃的树枝上一团团浓密成球的槲寄生，直觉那果实像极了蛙卵。入冬时人们喜欢将柔嫩的槲寄生悬上灯座或门廊，相爱的人儿在下面接吻，因这四时常青紧紧相依的植物象征着坚贞和永恒的生机。有时槲寄生妖魅般缠绕在冬青树上，几乎要和它融为一体，不过冬青树油绿结实，枝上结满鲜红的浆果，叶子四缘遍生着小刺；槲寄生则柔弱得多，黄恹恹地耷拉着像一串枯叶。自然课上小不点儿学到过槲寄生，老师警告她这植物有毒，万万不能去吃，可老师又说鸟儿都以这浆果为食，啄食完毕还在枝条上四下磨蹭，清理干净尖嘴上凝着的胶冻，顺便替它散播种籽。

有时它严严实实覆满枝头，吸吮树木里头的生命之水，而余下的树干看上去就像一段干枯的支架，上面结满灰黄的蕨叶。

小不点儿听说槲寄生是德鲁伊教的圣物，却不清楚他们要拿它做什么。这植物似乎和德鲁伊教的祭祀有关，甚至是活人的献祭。

洛基小心地将那枝槲寄生从白蜡树上连根拉出，小东西在他灵巧的指间微微颤动。他轻轻抚摸，让白蜡树生出一簇簇纤巧苍白的嫩枝，人们说那像是巫婆的扫帚。洛基反复摩挲手中这束颤巍巍的槲寄生，撕扯下冗余的梗茎，让它变得坚韧，又对着它念起强大的咒语，直到把小灌木变成一支精巧的灰色小棒，像它圆溜溜的灰白果实一样微微闪烁光芒。这小棒通身泛着古怪的颜色，不像树皮，倒像是蛇皮或鲨鱼皮。洛基拿在手里精心捻弄，直到它平稳堪比标枪，精细的尖头能和最硬的箭矢媲美。

洛基恢复了原本的堂皇样貌，悄无声息地混入嬉闹叫嚣的众神，避开回环往复的投掷物。他将槲寄生握在手心，叮嘱它保持形状。他寻找的目标就站在人群外，风帽遮住了阴郁的脸孔。那是芙莉嘉的另一个儿子霍德尔，巴尔德有多么光芒耀目，霍德尔就有多么黝黑阴沉。他第二个从子宫里滑出，眼睑紧闭，像只瞎眼的小猫。他从未睁开眼见到过光明。巴尔德是白昼，他就是夜晚，巴尔德是阳光，他就是黑暗。二人相互依存。因为看不见，他用自己的方式在仙宫里走动，他摸索梁柱，丈量台阶，脑袋藏在风帽的阴影下，侧向一边留意四下的动静。如果巴尔德叫他形容下看不见的感觉，他会回答说，一个从来没看见过的人怎么知道区别。此刻他正垂着头，身子微微倾斜，聆听着一旁的喧闹，却不能参与。洛基很好奇，那头颅里究竟藏着什么？是深邃的黑暗，浓厚的乌云，还是尘封的光亮？他一向喜欢寻根究底，若不是别有所图，早已开口发问。现在他一心想着作恶，只有他知道如何让歌声戛然而止。

“你怎么不加入大家的游戏？”他向霍德尔搭腔，“巴尔德笑盈盈地站在那里，好不镇定，石头飞箭铺天盖地地招呼过去，连他的衣角也擦不到，真是奇妙，你也该来寻个乐子。”

“我没有武器，”霍德尔答道，“何况你也知道我看不见，瞄不了准头。”

“我这儿倒有支打磨光滑又尊贵体面的小矛，”洛基的声音里都是笑意，“我可以握着你的手，帮你瞄准，这样你就可以玩了。”

于是洛基牵着这黑暗之神，将他引到人群前，把那支槲寄生制成的矛放进他手中，伶俐的指头覆住了他乌黑的双手。

“巴尔德就在那边，”洛基用矛比好位置，“他袒着胸膛，朝你微笑，等你去掷他。”

他将霍德尔的胳膊托过肩膀，向后拉开，松开手说：“现在可以了，扔吧。”

霍德尔的风帽从头上滑下来，他甩开手臂，奋力一掷。

那矛正中巴尔德的胸口，将他穿了个窟窿。

巴尔德重重跌倒，血流如注，呼吸困难。

四周突然安静下来，霍德尔伸手摸索洛基的所在，耳边却只有飞蝇的嗡鸣，那诡谲万变的人儿早已不在。

众神的悲痛是骇人的，他们完全崩溃，泣不成声。最受震动的还是奥丁：神从来不会死去。如今最最温和迷人的光明神居然在游戏中被杀死，恐怕更坏的事情就要发生。众神聚集一处，呆立良久，不敢去碰那倒下的躯体，也不敢移动它，唯见巴尔德明亮的头发被微风拂动。霍德尔独自站在那里，听着周围的啜泣。

小不点儿闭上眼睛，试着揣想他此刻的思想，终究徒劳。

芙莉嘉是位母亲，也是手握大权的天神。她曾发愿要保护自己的儿子不受伤害，可他的结局对她而言却是莫大的嘲讽。悲愤交加的芙莉嘉拒绝这样的挫败和嘲弄，不肯接受这结果。如果巴尔德去了冥界，那里一样有权力统治，她必定可以谈判恳求。即便是冷若冰霜的赫尔，也会为芙莉嘉的盛怒和悲痛所动，她确信这沉痛大过任何一位失去爱子的母亲。命运不能如此待她，也原就不该如此待她的儿子。故事不能重来，但她可以扭转它的走向，让它翻回到原路，把结局按照自己的意愿重塑。

“阿萨众神之中，”她问道，嘶哑的声音中夹杂着哽咽，“有谁愿意单骑下到冥界，去向冥王恳求，让她将光明神巴尔德放还仙宫？”

守望之神海姆达尔悄然出列，答道他愿意前往。于是奥丁命人牵过他的八足天马史莱普尼尔，解与海姆达尔当他此行的坐骑，那是最快的马儿，荒野狩猎时的领头。海姆达尔翻身上马，两腿一夹，骏马飞驰而去，转眼间已跃出仙宫大门，直奔金恩加格的方向。

众神却不能惩罚弑兄的霍德尔，因为死亡发生在神圣之地。于是他们将他逐出阿瑟加德，流放到米德加德的黑暗森林之中，他潜藏在那里，昼伏夜出，手上只有野蛮树妖给的一把长剑防身。

小不点儿疑惑芙莉嘉是否也为这个儿子悲伤，她是否担心过他的感受，可知道洛基如何骗得他去掷那支槲寄生？故事仍在继续，宿命无法逃避，在有些人身上投射下庇佑的光芒，又将另一些人永远遗忘在厚重的阴影中，霍德尔就是其中一个。

巴尔德的葬礼是故事中最辉煌灿烂的一个章节。他的尸身被盛装运往海岸，放上他雄伟的龙船灵舡，船头高昂，仿佛有惊龙蹁跹，长长的船身一路倾斜，全用乌黑的松板打造。龙船被装上滚轮停在岸上，船身高高堆满珍奇的宝物，都是瓦尔哈拉宫殿里的金杯、金壶、金盾、金甲和金戟，通身镶嵌着珠翠宝石，包裹在丝绸毛皮之中。还有食物：新鲜肥美的金猪肉，密密封存的美酒。奥丁摘下随身的臂环德罗普尼尔放上船头，这环有聚金的魔力，每九夜会有八枚新环生出。奥丁俯下身去亲吻亡子的苍白面颊，在他耳边低语，没人知道他说了什么。

巴尔德的妻子南娜走过来，看见船上丈夫的尸身，长叹一声，心碎倒地。

众神奔过去扶起南娜，试图让她醒转，却发现她已溘然长逝，众神只好也将她装裹进最美丽的衣裳，放在巴尔德的身边，一同安放在柴堆之上，准备火葬。

这船变得沉重无比，巴尔德的骏马也成了殉葬品被加诸其上，全副的马具闪烁着微光。众神正待焚烧积薪，点燃龙船推向大海，却发觉寸步难行，任谁也推它不动。

等着看这冲天烈焰的队伍浩浩荡荡，其中有巴尔德的父母奥丁和芙莉嘉，奥丁的神鸦胡基和穆宁，还有瓦尔哈拉宫中的侍女瓦尔基莉们，前来哀悼她们未能拯救的光明神。还有霜巨人、山巨人、轻盈的精灵和黑暗的侏儒，连面容可怖长声哀号的女预言者们也驭风而来。一位霜巨人开口道，巨人之国有位女巨人名为希尔罗金，力大无穷，能够拔山撼地，于是奥丁同意派一位暴风巨人飞去求助。女巨人欣然应允，但她不是坐在巨人的翅膀上，而是骑着一头可怖的恶狼而来，手中的缰绳竟是活生生的毒蛇。诸神和凡人都还对芬里厄狼心有余悸，想到生命之树脚下那些啃噬树根的毒蛇更是不寒而栗，于是后来他们无情地绞杀这两样动物，摧毁它们的洞窟巢穴，所到之处都斩草除根。他们扫荡森林围剿狼群，屠戮幼崽刺杀母兽，自此铁树之林中，芬里厄幸存的同类愈发狂暴凶残。他们碾碎蛇头践踏蛇卵，因此米德加德巨蟒耶梦加得和她的血亲愈加要积蓄毒液，狡诈经营。希尔罗金这头狼污秽不堪，龇牙狞笑，健壮得像头野牛。手里的毒蛇嘶嘶作响，蜿蜒扭动，毒牙毕露。她翻身落地，那狼便四下游走嘶嗥。奥丁忙命英灵殿的四位狂暴战士上前制止，而即使这样的勇士也怵惧毒蛇的尖牙，只有分叉的树枝能够暂且压制住它们。狼嚎蛇嘶之间，女巨人向众神走来，步履沉重，神色轻松。同战神蒂尔一样，她也披着一张狼皮，兽头就耷拉在她的胖脸边上。她咧嘴一笑，脸上却没半分高兴。只见她一只手按在船尾猛力一推，这庞然大船就飞也似的向着青黑的大海驶去，连底下的滚轮都崩出火花。希尔罗金仰天大笑，笑声激怒了托尔，因为他自诩神力，却用尽力气也推不动这大船。托尔举起锤子去敲她的头，她当即抡起一只拳头自卫，围观的众神连忙劝和，因为马上就要点燃龙船。托尔举起他的雷锤米约尔尼尔，立时雷电交加，船物俱焚。蓝色的火舌在船头船尾吞吐，蔓延至船内的华服蜡像、受惊马儿的猎猎鬃毛，还有灵床前堆积的燃木。猩红赤金的烈焰翻滚陡涨，那船却渐渐慢下来，满载着一船摇摇欲坠的殉葬品，渐行渐远。经过的海水被映得殷红如血，海天交汇处那无边无际的漆黑也被这一轮火球点亮。

托尔看得呆住，手中的锤子都忘记放下，一个矮人忽然跑过他的脚前，托尔飞起一脚，将他踢入那滚滚的烈焰。人们只知道那矮人名叫里特，他跑错了路，就被踢进火船，活活烧死。

空气中有味道在蔓延，那是天神、骏马和矮人肉身燃烧的气味，混杂着药草和乌木的芳香，沸腾的美酒，熔化的金器，还有海水的蒸汽。这并不是万物的终结，只是第一件悲剧，开启了余下的结局。

托尔想要算计，希尔罗金却已驱狼离去。精灵、矮人、瓦尔哈拉宫中的勇士和瓦尔基莉们都流下了滚烫的热泪。芙莉嘉却不再哭泣，她决意要扭转这场死亡，让心爱的儿子重获新生。

赫尔

Hel

赫尔莫德骑上八足天马，飞驰了九个昼夜才抵达冥国。他沿着溪谷和小径前行，一路不见光亮，举目只望见层层叠叠的灰暗，置身于死寂的坚壁和阴影，除了马蹄踩踏地面的坚实足音，别无声响。他到达冥河，这河环绕住赫尔的宫殿，河面吊着一座镀金的水晶桥。守桥的巨人老巫婆莫德古德拦住赫尔莫德问他所为何来。这马太吵了，她说，比先前所有死人骑着路过的马儿都要响，还有赫尔莫德的气色也不对，血气太重。

赫尔莫德答道他是为了找寻死去的兄长巴尔德而来，莫德古德告诉他巴尔德刚刚骑马过桥不久。不知是赫尔莫德的恐吓，还是老巫婆同情他的遭遇，总之他越过渡桥驰入黑暗，直奔赫尔的宫殿而去。

宫殿四周有一道巍峨的铁篱包围，赫尔莫德沿着它纵马前行，没看到大门，却走到一处洞窟，里头蹲守着一只骇人的巨犬，那畜生又像头畸形的恶狼，喉间滴血，尖牙霍霍，颈毛尽竖，狂吠不止。它唤作加尔姆。赫尔莫德瞪一眼这咆哮的畜生，他可不是来打架的。他勒转马身，轻声对它说“退后”，紧接着一声令下，天马史莱普尼尔便凌空飞跃了铁篱，稳稳在对面着地，置身于赫尔的内城，不愧是奥丁的专属坐骑。被叫作“大锅”的赫瓦格密尔泉那里传来嘎吱碾磨和嘶嘶沸腾的声响，那是毒龙尼德霍格在饱餐尸身。赫尔莫德骑在马上继续前行，沿途的死者无声地盯住他，看他两颊下奔涌的红润血色，看他胸口喉头起伏的鲜活呼吸。这些死者都通身灰暗，脸上只有两种表情——虚弱的愤怒，抑或寡淡的空虚。他们呆滞的眼睛里没有光亮，只一味盯着他看。

赫尔莫德抵达赫尔的宫殿。他翻身下马，牵着史莱普尼尔走进大殿，他可不想失去这坐骑。奢华的殿堂内挂满了镶金嵌银的幔帐，却都晦暗得像蒙上了一层灰雾。这宏伟的大殿却无所定形，赫尔莫德觉得它像条狭窄的通道向自己逼近，又像个幽深的洞穴向远处延伸。

赫尔端坐在宝座上，半边肉体深黑死朽，半边身子青灰鲜活，脸色阴沉，面容严苛。她的冠冕上镶嵌着黄金和钻石，但那光芒却一闪即逝，像猝熄的火苗。巴尔德坐在她身侧，旁边有妻子南娜陪伴，座席杯盘都极尽奢华，但他明亮灿烂的脸庞已经发白，盘中晶莹透亮的水果还没有动过，金杯里的蜜酒也不曾稍沾。

赫尔莫德向这冥界女王深鞠一躬，说明来意，恳求她将巴尔德放还仙宫。因为众神连同凡人和世间所有的生灵都悲痛无助，需要这位年轻的天神带回他们的活力和希望。还有最重要的，赫尔莫德说，芙莉嘉女神请赫尔放归她心爱的儿子，失去巴尔德她不能独活。可是赫尔答道，从古至今痛失爱子的母亲们都学会了振作过活。每天都有年轻的男子逝去，无声地越过金桥来到冥界。只有在阿瑟加德，他们才能白天战斗至死，晚上又复活宴饮狂欢，而在阴影笼罩的冷酷世界，死亡绝非游戏。

可是这死亡让世界黯淡，赫尔莫德争辩道。

那就由它黯淡，赫尔回答。

巴尔德淡漠地坐在旁边一言不发。南娜倚在他肩上，他却没有拥她入怀。

赫尔终于打破这沉默，她是洛基的女儿，从仙宫被打落冥界。“告诉芙莉嘉，”她说，“巴尔德可以回去，只要世间万物，无论天上地下、海中土里，都能为他真心落泪。她拿悲痛做理由来救赎爱子，倒不如用爱护他周全。只要还有一只干涩的眼睛，巴尔德就必须留下。你也看到，他在这里备受尊崇，他是我座上最尊贵的客人。”

赫尔莫德明白他须得给芙莉嘉带话。他同样清楚宿命的力量，但仍存了这样的侥幸，芙莉嘉的意志那样坚决，爱得这般霸道，再加上至高的权力，或许真能扭转乾坤，让巴尔德破例折返冥河，越过渡桥死而复生？他欠身告辞，巴尔德却递过那枚富有魔力的聚金指环德罗普尼尔，那是奥丁为他送葬的殉品。

“请把这个还给奥丁，”巴尔德苍白的嘴唇翕动，声音一如既往地温和，“赫尔宫里满是金银，我们不需要这个。”

于是阿萨诸神派出信使，年轻的众神，灵慧的百鸟，骑士和神行者纷纷出动，向整个米德加德宣告赫尔的条件，世间万物，不论有无生命，冷血或是热血，哪怕树液石头，都要为巴尔德哀悼坠泪。黑暗之神霍德尔在他森林中的巢穴里哭泣；牛羊木然呆立，急喘低吼，潸然落泪；哀鸣的猿猴和漫步的黑熊揉揉湿漉漉的眼眶；蝰蛇和响尾蛇长声嘶鸣，僵在当地，眼中漫出泪珠。钟乳石和石笋也渗出了泪水；滚烫的喷泉在沸腾的蒸汽里涌出热泪；巨石和沙砾表面亦结起泪珠，仿佛刚从霜冻苦寒之地挪到温暖的气候里。坠泪的树叶四散飘落，林间和草地都蒙上一层湿气；苹果、葡萄、石榴、雪莓和露莓周身渗出泪水，天空里乌云密布，那云本就是泪珠凝成，此刻天空作悲，自然又是泪水倾盆。海底深处的海草森林里，生物拥塞在海中之树上，长棘海星、紫黑的乌贼、水獭、蛞蝓，还有各种海螺，都滴下眼泪，汇入咸湿的海水。鱼儿不能眨眼，默默流泪，鲸鱼铜铃般的眼睛埋在厚厚的鲸脂下面，此刻泪水泛滥，海面也连带着高涨。那些宁静的深潭和奔涌的泉水也是一样，就连马儿饮水的石槽里血红的线虫也在为失去的光明哭泣。水分漾满了世界之树的根须经脉，浸透的叶片滴下泪来，打湿了树干，浸润了大地。金碧辉煌的宫殿内，一向铁石心肠，无论经历何等的悲痛都不曾落泪的芙莉嘉，也随着众神哭泣。泪珠挂在脸颊，像一面晶莹的面纱，又像河水决堤漫过草地的那片汪洋。海天和大地本就相接，此刻也齐齐落泪。

总有例外，不过这次不是那株槲寄生。并非诸神派出的信使有了疏忽，而是黑色的沙漠中晃过的一个身影，就藏在阴暗干涸的岩洞里。勤勉的信使鼓起勇气，沿着哭泣的岩壁穿过漆黑潮湿的地道，终于走进一个干燥的黑洞，密不透风，里面有东西正歪歪扭扭挤成一团。那信使是芙莉嘉身边亲近的人，或许是侍女盖娜，她是芙莉嘉的使者，奉命驰骋在世界各处。黑洞里的怪物发出一声怪叫，像哗哗的树叶，又像嗤嗤的火花，身上的衣物被它扯得沙沙作响。它浑身干瘪，像旱地上的一段枯骨，脸瘦得只剩下骨头，面色焦黑，眼窝深陷，看不到嘴唇，只望见一口煤黑的利牙。盖娜心下揣测，这大约是某座山上的女巨人，她轻轻走上前去，请这洞穴的主人同世间万物一起，为巴尔德洒下眼泪，让他重返尘世，带来光明。她小心问道：“老人家，请问您是谁？”

“索克。”那具枯骨中挤出一道沙哑的嗓音，咬牙切齿地念道：

关于巴尔德的结局，

索克只抹眼不掉泪。
他是死是活都对我没用，
不如让赫尔把她留下。

盖娜重新启程，沿途的万物都在垂泪，她沮丧地飞驰回仙宫，告诉芙莉嘉有个叫索克的怪物不肯掉泪。

“索克就是黑暗的化身，”芙莉嘉一脸愠色，“我不相信你说的什么干瘪的女巨人，就像当初那个拿着槲寄生的老妇人也根本不是什么老妇人。”

春天一去不复返，天边有一道散碎稀薄的彩虹，更像是厚厚的云层上东一块西一块的红斑，仿佛永远也升不上天空。

眼泪泛滥，潮水也随之高涨，越发起落不定难以预测。万物泪迹未干，萎靡不振。世界之树长出点点霉斑，渐渐开始腐烂。海底的生物伸长了粗粝的舌头舔食泪水，将海中之树刮得满身斑驳。倦意在万物心底滋长。

众神断定索克又是洛基伪装而成。他们憎恶洛基所做的一切，恨他利用槲寄生杀死光明神，并将许多莫须有的罪名都加之于他，像巴尔德的噩梦，像这反复无常湿热多风的阴霾天气。总之洛基已成了众矢之的，他们决意复仇，他们也一向擅长复仇。

洛基之家

Loki’s House

洛基的家在悬崖上，俯瞰着弗兰瀑布，那瀑布湍急奔流，直入深潭。他的家简朴之极，只有一间房间，四扇大门朝四面洞开。有时他化身为一头猎鹰，盘栖在房梁上，凌厉的眼睛洞察着四面八方的动静，时刻蓄势待发。屋里的陈设稀稀拉拉，屋子正中炉火闪耀，蹿向上方的烟囱，几张桌子上摊满了洛基当下研究的各样物事。奥丁在险境和痛苦中汲取知识，不惜付出一只眼睛的代价。他拥有将万物聚合一处的力量，又掌握了卢恩密语，知道如何解读和操控。他那无敌的长矛折自生命之树，矛身刻着神圣的契约。这矛守护着世界的和平，确立起众神的权威，所以后来凡人交口相传，说起众神就想到镣铐锁链。奥丁还拥有魔力，不但能掌控世间万物，还能号令天界和凡尘。谁要是触怒了他，他就隔空取他性命。为了阿萨诸神和英灵战士们的福祉，他向诺伦三女神、亡灵和地下的统治者问询。他的复仇心极为可怕，犯人和仇敌的心肺被扯出胸膛，被摆成可怖的“血鹰”的样子献祭于他，扭曲缠结，鲜血淋漓。万物都低眉颔首，不敢直视他那一只眼睛。

洛基对万物都怀抱好奇，想知道它们在这世界存在和行动的方式。神话中的洛基没半分仁慈友善，民间传说里他大多时候却是位好脾气的火神，守护着壁炉和烤箱里的温暖光芒。在仙宫他是个笑嘻嘻的冒失鬼，时常化身成森林中的一簇烈火，谁妨碍他就被他一口吞没。

他变作猎鹰捕杀各种小动物，带回家中将它们的脑浆和肺脏在桌上摊开，研究那一团团错综复杂又不成形状的海绵气泡下隐藏的构造，那些分叉的血管，还有根区的缝隙。他兴味盎然地检视脑浆，喜欢那外灰内白层叠缠绕的淤结肿块，还有那两瓣脑叶间狭长的裂沟。献祭的活人被摆成十字，像一截削枝去叶的枯木。袒露的肺脏和脑浆展示着放肆的精密，邪恶的污秽之中，却能察觉到另一种秩序的存在。

他收集其他乍看之下杂乱无状的东西。羽毛形状规则，钩状的羽枝依次生长在翎管上，但是往下的那些小绒毛却能引起他的兴趣，比如鸭绒和天鹅绒，那一丛丛蓬乱纤弱的细丝间似乎隐藏着某种韵律反复。

他尤其喜欢研究火和水。身为火神，他却常常变作一条大鲑鱼，轻快地穿过奔涌直落的瀑布，游过深潭的漩涡，跳入湍急的河流。那河被一块大石阻隔，分流两道，又在背面重新汇聚，蜿蜒曲折，汩汩而出。

你能在缭绕的青烟和跳动的火苗间看到未来，红黄青绿片刻不息地纷飞流转，却始终保有连贯的形态。为什么青烟能够扶摇直上，忽然间就开始奇妙盘旋，缭绕升腾？为什么河水能够顺流而下，清波荡漾，流过鳞光闪闪的粉红银白的鲑鱼？河水涌向大石，四下飞溅开来，水花四散，水流飞旋，偶然汇聚一处，就激起朵朵漩涡。河水愈行愈急，终于和青烟一样放肆翻涌。洛基想要从中修习——不是要驾驭水火，而是去精研它们的习性。这修习满足了他的好奇，又给他带来莫大的欢喜。他喜欢纷乱混沌，恨不得万物都狂暴不驯。他一向精通于此，常为了消遣制造混乱，通晓了其中奥秘再去惹出更多的麻烦。他出没在硝烟弥漫的战场上，藏身于冲破堤岸的怒流间，随肆虐泛滥的潮水一道，淹没大片的船只和房屋。

他既莽撞又狡诈，在水中预先找好了藏身之处，以防众神前来捉他。斑斑的沙砾和闪闪的鳞片交错辉映，静伫的大鱼就不会暴露；深深的隧道直通大海，他随时可以遁入其中；翻搅的池塘涟漪吞吐，遮蔽了敌人的视线。

他揣测众神的想法，想要先发制人。假如他是天神，知道自己的敌人经常化身一条大鱼，行动迅捷无比，要怎么捉住他呢？用缠结的亚麻搓成长绳织成大网，撒往池塘封住所有的出路，大鱼必定无处可遁。他沉迷于这个主意，决定自己织个网试验一次，他发明了许多新奇古怪的绳结，有一种拉绳能将挣扎的鱼儿收紧拽起。那就被捉住了，他怅然思忖，冷不防身旁的火堆忽然冒起浓烟，一股强劲的青烟升腾直上，在半空四散盘旋。这表示追捕他的众神已经发现了他的踪迹，正驾云而来。他把织到一半的网匆匆投到火中，蓝色的火星四下飞溅，噼啪作响。他摇身化作一只大鸟飞去瀑布，又在那儿变成鲑鱼逃进深水。

众神骑着飞马，驾着山羊或家猫拉的战车，乘着北风鼓噪而来，从四面洞开的大门闯进洛基的家中。他们四处查看，也不见那骗子的身影。有人断定他不久前还在这儿盘桓，因为炉火中的残灰还在发热。以智慧和诗歌享誉仙宫的克瓦希尔走上前去，查看滚烫的灰烬。那是原木和蕨叶的粉末，还保持着先前的形状，只是灰白黯淡，触手就跌碎无形。旁边还有一堆灰烬，形状规整，看得出方形和菱形的排布，还有细索和绳结的模子。克瓦希尔仔细审视那些花结，叫大家别碰屋子里的陈设，自己四下翻检，竟找出洛基囤积的麻线来。他告诉众神，烧掉的是张精妙的渔网，不过只要研究好这些绳结，就不难织出一张新的。于是他就地坐下，灵巧的手指上下翻动，转眼间织了一张新网出来。

众神带着这张渔网埋伏在瀑布边，鱼儿听到他们的脚步，立即潜入潭中，紧贴着河底的沙砾一动不动，只有两腮微微起伏。众神将深潭围了个严实，撒下大网，却什么也看不到，因为潭内湍流涌动，汩汩泛起泡沫。鱼儿划动两鳍，拨起碎石，将自己半埋进去，那网却已将他罩住。他苦苦思索逃脱的办法，想冒险冲出潭面跳入一旁的溪流，又怕被犀利警觉的众神发现。也许他可以像一条真正的鲑鱼那样，从瀑布里飞跃而出，吓他们一跳，再逆流而上，逃之夭夭。他确信自己比众神加在一块还要聪明，那还用说吗？他满腔自负，蠢蠢欲动。克瓦希尔有了个主意，让大家将网一沉到底，叫托尔握着一边，阿萨诸神握着另一边，沿着潭底一路拖过来。他们缓缓移步，小心而果决，不一会儿发觉那网真的撞上一个实实在在的躯体。众神立刻收紧了巧妙的绳索，不顾那活物的挣扎将他拽上岸来，那是条滑溜柔软的大鱼，暴怒的眼睛里像要喷出火来。它软塌塌地伏在网缘，忽然一个打挺奋力一跃，要不是托尔伸手抓住他的尾巴，就险些要被他逃掉。这鱼兀自挣扎。

雷神抓住洛基不放，借机报复之前的无数嘲笑和捉弄。就这样，众神比着洛基烧掉的模子依样织了张网，捉住他带回了阿瑟加德。

世人说起众神，就想到镣铐锁链，而如今洛基果然也被牢牢缚住，就像自己的儿子芬里厄狼一样。众神将洛基禁锢在地下的洞穴里，洞口用三块扁平的巨石封住，巨石中间各钻了一个孔，好教他的家人来看他的下场。可众神带来的不是铁树之林里的一窝怪胎，而是洛基忠贞的妻子西格恩和他们的两个儿子瓦利和纳尔弗。众神说洛基身为变形的宗师，不能不看看货真价实的变形，于是他们把小小年纪的瓦利变成了一头恶狼，这狼立刻咆哮着扑向自己的兄弟，将他撕成碎片。众神笑盈盈地看着奥丁拔出冈格尼尔长矛，刺穿了那狼的脏腑，宰杀了他。一片哄笑声中，他们将瓦利和纳尔弗的内脏和筋肉掏出，搓成绳索将洛基仰面缚在三块大石之上，一块牢牢捆住肩膀，一块死死扣在腰间，一块紧紧绑住膝盖。

洛基在湿漉漉的网里激烈挣扎，盘算着变成只苍蝇或者蠼螋溜走。可是众神又对着缚住他的绳索念起卢恩咒语，施法将这些内脏变作钢铁，牢牢匝住洛基。

暴风女神斯卡蒂是洛基的死敌，此时当然欢天喜地，她一边嘲笑，一边将一条口吐毒液的巨蛇缚在洞穴顶上，正对着洛基的脸，洛基动弹不得，毒液就源源不断地滴在他痛苦扭曲的脸上。

众神目睹这惨状，终于心满意足地裁定这就是洛基的下场，直到天地末日，诸神黄昏的降临。

西格恩守在洛基身边，屈膝举着个大盘子接住毒液。据说每当盘子盛满，西格恩离身去倒空之时，毒液滴落下来，洛基痛苦翻腾，震动山谷，骇人的地震就是这样来的。

众神漠然看着这对苦命鸳鸯，极尽冷嘲热讽。

可他们都知道，诸神的黄昏正在一天天迫近，小不点儿心想。芬里厄狼被缚在岛上；巨蟒耶梦加得困在海里，首尾相扣动弹不得；赫尔被禁锢在铁篱之中。恶狼和毒蛇扰人心绪，还好都被约束发落。巨蛇圈抱住大海，天狼环绕着苍穹，片刻不息地追逐着昼夜日月，从未得逞，却永无退意。

按照《仙宫和诸神》的记载，洛基刚刚被缚，诸神的黄昏就已然来临，似乎其间再没有其他重大事件发生。关于这一宿命的时刻，书里说有人误将它理解为黎明，因为那时天色晦暗，黎明也说得通，但其实那一刻还象征着最终的审判和劫数的到来，所以叫作“诸神的黄昏”。

小不点儿被书中随处可拾的死亡、黄昏、审判等字眼弄得眼花缭乱，不知道哪里才是众神真正的终结。这本书的部分乐趣和神秘之处在于，所有的情节都用了不同的口吻翻来覆去地讲上好几遍。书里开篇就是一列长长的清单，罗列了众神的功绩和结局。“诸神的黄昏”早早出现在里面的第16页，寥寥几笔，却极尽诗意。结尾处又提到它时，就偏于写实，字里行间夹杂了主观判断，颇不平静。在书的末尾引译《埃达》(此处应指“大埃达”。——译注)中“沉眠的伐拉”一诗时，这几个字再度浮现，带了魔咒般的飕飕寒意。书里虽是预言未来，却仿佛一切就发生在眼前，所以小不点儿每读到一段相关情节，就仿佛旁观了一场世界的终结，就连巴尔德的噩梦也是这场灾祸的预演。基督教里说到世界末日，就是耶稣活转回来审判活人和死灵，这书里却截然不同，众神自己也要等待审判裁决。可这由谁来审判？又是如何终结？书里说洛基早已知晓自己的宿命，所以他等着被众神发现踪迹、设计捉拿，捆缚大石，因为他知道正是自己的磨难开启了诸神的黄昏，那一天到来之日，就是他解禁之时。小不点儿暗自思忖，发现谁也不曾质疑过这场宿命的降临，众神不曾，恶狼和毒蛇不曾，狡诈万变的洛基也不曾。他们就这样呆愣在当地，眼睁睁地看它到来，就像兔子见到了黄鼠狼，压根没想过要扭转什么。基督教的末世审判里，上帝将罪人打入地狱，让好人升入天堂。仙宫的诸神所以受惩，是因为他们不够机智，劣迹斑斑，他们统辖的世界也乏善可陈。小不点儿回想起德军的闪电战和广场上的恶行，似乎窥见其间奥妙，众神为恶，万物为恶，相似的故事一直在上演，故事里的人物也心知肚明。 112

时光里的小不点儿

The Thin Child In Time

当你还是个孩子，想象死亡似乎是件不可思议的事。相比于肆虐的战火和死亡的威胁，小不点儿更害怕永无止境的沉闷，害怕日子一天天流逝，却什么像样的事都没做过。提到死亡，她就想起住在马路对面得了糖尿病死掉的小男孩，学校里大家听到这个消息，都不知作何反应。有人咯咯傻笑，随后大家就调了座位。事实上她从没认真想过小男孩死掉这事，她知道的，不过是他现在、以后，都不会在那座位上了。就像她知道父亲不会回来，知道他已从自己的生命里消失，至于他的处境，她无从设想。总之，他再也不会出现。她一阵阵地发噩梦，梦到绞刑，一想到有人可以宣判别人的生死，让他们在煎熬中等待死亡的来临，就心惊胆寒。

诸神的黄昏

Ragnarok

那一刻是慢慢降临的。燕麦和大麦就要熟了的时候，飘起了阵阵小雪，薄薄的雪花覆在麦田上，秋分后第一轮朱红的满月静静地挂在空中，一觉醒来，池子和水壶里都结上了冰。风势渐起，猎猎不息，进出的人们都藏在风帽里低下头。那年倒是霜葡萄的好收成，好做一桶桶的莫舍尔冰果酒。冬天的蔬菜都蔫在地里，还没长熟就冻成了冰。林子里的树叶早早凋落，被狂风裹挟起在空中打着旋儿。起初天色清冽：阳光下万物都光彩焕然。马车驶过的车辙里结满了冰，窗檐和灌木枝上也挂起直棱棱的冰柱，几日不见消融。等到冬天正经来临，天空立时黯淡下来。漫天厚重的铅灰色云朵里裹着雪花，大风吹起，便和冰雹冰屑纷纷扬扬卷成一道。土地越来越硬，紧绷皱缩，冻成几尺深的硬块，铁锹都撬不动。结在土里的蔬菜扯不出也掘不动，厚冰结满湖面，又缓缓向河道蔓延。鱼儿愈游愈下，起初还能在冰架下活动，后来只得在冰冷的泥浆里艰难呼吸。男人们提着斧子出门，敲下一桶桶冰块，回家煮化了喝。一开始大家都很兴奋，因为这活儿又考体力又显气概。后来雪越积越厚，牛羊冻死无数，活下来的就被四面圈起，母鸡被哄进屋子，小猪贪恋地歪在炉边取暖。出门有穿雪鞋的，也有踩雪屐乘雪橇的，人们砍了树当柴火，又去林子里打猎，家兔、野兔、小鹿、鹧鸪，深冬里那些小动物行踪愈发诡秘，弱小的家禽躲在灌木丛中，冻僵了的爪子瑟缩地攀住小枝条。

他们得熬到开春，等到白昼终于变长，太阳融化坚冰和积雪，寒风渐渐平息，才能出门活动，露出脸来也不怕被冻伤。

一年当中最短的那天到来时，人们顿足雀跃，在雪地上生起篝火，庆祝这一年的转机。

但好日子并没如约到来。只有天空的颜色转成了浅灰，大地、空气、河流还是一如既往包覆在冰天雪地里。

为了果腹，虽然明知不是长久之计，人们还是开始打起家畜的主意。猪被割断喉咙宰掉，冻成生肉或者烤熟了吃。不会下蛋的母鸡被生生扼死，拔了毛煮汤，因为小鸡都长不大，不久鸡也没有了。田地都结成了冰，庄稼早冻毁在地里，所以羊儿马儿和驴子的饲料越来越让人头痛。活着无需勇气，只要忍耐，垂死的人都巴望着一碗汤活命。

旷野里无尽的黄昏下，狼群蹄声沉重，声声呜咽，既饿且怒。

这很像传说中的芬布尔之冬。臃肿的太阳像一堆余烬，黯淡阴沉，发出血红的微弱光亮。人们从骨子里渴望晴空、暖风、绿叶和新芽。严冬持续了整整三季。海洋也冻结成冰，冰山被大陆撞散，漂摇流进海湾。人们终于明白，这不是什么前奏，而是芬布尔之冬的真正降临。

人们兽性大发。他们冲进别人的家，呼喝号叫，残杀弱小，将原就微薄可怜的贮粮劫掠一空。他们见到酒就喝，只顾大口吞下，仿佛看不到明天，心里也渐渐相信末日真的就要来临。饿红了眼的人和畜生什么都吃。人们自相残杀，战胜的就坐在尸体间大吃大喝，死尸被蜷缩在一边的野兽拖走，扯裂开来啃嚼干净。人们随便抓起一个人或畜生，倒在火堆旁就胡乱交媾。他们相互撕咬、亲吻、咀嚼、吞咽、肉搏，扭打成一团，等待末日的降临。末日还没有到来，人们已经以同类为食。

天空越来越浑浊，挥着羽翼的女预言者们在风中哀号，停在峭壁上凝神远方，凄厉尖叫。毒龙尼德霍格咬穿了生命之树的主根，蹿出地面，吸食冻死在烂泥里的死人的血液。洛基被仰面绑缚在一片陷落的森林里，身下的岩缝中喷涌出热泉。此时那林中传来阵阵狼嚎，那是狼群穿梭在林中，狼蹄肆虐过雪地，狼牙上沾染了鲜血，狼的噩梦终于降临。

世界分崩离析之际，是风的时刻，狼的时刻。

这是他们所处的时刻。

金碧辉煌的仙宫也黯然无光。只有那头神奇的野猪还是每天死而复生，众神依旧可以日日盛宴。生命之树浑身颤抖，树叶凋零，枝条枯萎，却还在勉力支撑。奥丁下到树底的乌尔达泉边，幽暗的泉水泛起阵阵涟漪，那里秘藏着智慧老人密弥尔的脑袋，奥丁把他唤醒，向他求教。谁也不知他究竟问到了什么，只看到他回来时的脸色冷峻凝重。众神枯坐等待，无所作为，也无从思考，或许他们根本不会思考。伊敦静静地蜷缩在狼皮里，篮子里的青春苹果已经干瘪起皱。

冰封下的地底在沸腾。南方的真火之国里古老的火焰肆虐经年，形状无定的火焰精灵总是四处游荡，摇曳火光。而现在，喷溅的岩浆缓下势头，赤金的颜色转为黑红，熔岩吞吐着晶亮的舌头，包裹着滚烫的岩石和灼热的灰烬，向坚硬的地表涌去。鲜红的岩浆不断高涨，滋滋沸腾，气泡翻滚，窒息的气体喷涌而出，飞溅到林间，就将树木都烧成黑炭。洛基受刑的地方唤作锅树林，因为那三块缚住他的大石都牢牢嵌在一处洞穴里，四面是滚沸的热泉。现在泉水汹涌翻腾，喷涌出熔渣，大地如痛苦的困兽般战栗，而洛基身上的铁索竟在此时崩断。他站起身来，在浓烟热气和飞沙走石间仰天大笑，随即大步穿过这一片混沌纷乱，直向南方而去。洛基步履匆匆，转眼就到了芬里厄狼被缚的神圣森林，刚一踏进，土地便在脚下裂开，树木扭曲倒落，而那条包含了猫的脚步、女人的胡子、鱼的呼吸和鸟的唾液的格莱普尼尔魔力软索，忽然间失效跌落。芬里厄撑开两颚，拔下插在喉间的鲜血淋漓的长刀，通身震颤，毛发如火，嘶嘶有声。父子两个迈开大步，奔向南方的火焰之乡，脚下坚冰崩裂，殷红的狭长裂缝向远处延伸。他们纵声大笑，长声嘶嚎。

黑巨人苏鲁特镇守在真火之国的边界，周身黑烟缭绕，手持一把烈焰魔剑，晃得人不敢逼视。此刻他腾身站起，挥舞长剑召唤呼号，火焰巨人们倾巢而出，手中的吊索蹿着火苗，各样武器晃着炽烈的白光，浩浩荡荡追随他前行。

奥丁在高高的宝座上，看到四面八方的魔军咆哮鼓噪，朝着维格利德旷野蜂拥而来，知道决战的时刻终于来临，最终的结局已经开启。众神的存在，就为了等待这最后的奋力一战。守望之神海姆达尔起身吹响了加拉尔号角，这号角当初精雕细琢，为的就是这一声激越告警。角声刚起，阿瑟加德的诸神和瓦尔哈拉宫中的恩赫里亚勇士们就从座中跳起，全副武装奔赴战场，手中的宝剑、盾牌、长矛和披挂的锁甲尽数闪耀着熠熠金光。奥丁又下到乌尔达泉边，在密弥尔的耳边说了几句话，原本幽暗的泉水已被四下飞落的烟灰染成深黑，生命之树根脉松动，摇摇欲坠，空枝随风乱摆，叶子被狂风悉数扯落，卷进滚烫的气流——连乌尔达泉也开始沸腾。

众神越过连接起阿瑟加德和米德加德的彩虹桥迎战，这支队伍从出发就已元气大伤。战神蒂尔的一只手被狼咬断，奥丁的一只眼睛给了密弥尔，弗雷的胜利之剑送给了别人，托尔的妻子西芙眼睁睁地看着自己的满头金发又从头上尽数掉落。托尔自己的雷锤在追打巨蟒耶梦加得时掉落海中，光明神巴尔德更是早已丧命。所有故事里赢得战役的一方若不是实力雄劲无比，就是决然无畏的敢死队，而阿萨诸神两者皆非，他们徒有匹夫之勇，却早已不复先前的神采。

生命之树垂垂衰颓，根脉萎缩，枝叶枯悬，水柱在树皮内纷乱流窜，无力承继。松鼠吓得吱吱乱叫，牡鹿怏怏垂下头颅，黑鸟从枝头盘旋飞起，直冲血红的天空。

海水幽黑如礁岩，冰绿的泡沫像凝冻的奶油在海面翻搅，颤抖的海浪挟着丝丝气流翻卷起千丈高墙，又轰然倒塌，一浪压过一浪，重重撞击在崩塌碎裂的海岸上。

一艘大船自东方驶来，华美而骇人的船身由极具浮力的材料打造，支棱似角，灰蒙如雾，都是鲜血凝滞后细细挑选出的死人指甲。这是艘幽灵船，死灰枯骨一般的颜色，仿佛海中所有漂浮的尸骸都不曾腐烂分解，而是黏缠凝结成这一条倾斜的大船。这船名叫纳吉尔法，掌舵的是巨人赫列姆。小不点儿起初是小孩子心思，想象它是条纵帆船，拴着窸窸窣窣的帆缆，飘扬着细长的三角旗。后来她晓得那是条船头雕龙狭颈长身的侵略船只，船身上层层相嵌的指甲像死蛇褪下的鳞屑，泛着微暗的光芒。这船满载着全体霜巨人和火焰巨人，冲破腾腾蒸汽，直向维格利德而来。

地下的岩浆沸腾喷涌之际，海面也开始荡动狂舞，滚沸的热泉随波涛汹涌，满眼尽是漂浮的尸骸，鱼群粉身碎骨，隐隐闪烁微光，硕大的鲸鱼、乌贼连同海蛇的尸骨在沸腾的海面翻滚，又在冰封热炙和各种蛮力下被扯成碎片。

纳吉尔法大船身后，忽然有座大山浮出海面，广阔无边，游移浮动，山间的裂隙峡谷交错位移，撕裂的海藻和碾碎的珊瑚礁粒从中倾泻而出。山的中央是米德加德巨蟒耶梦加得可怖的头颅，就是这庞然大物的血肉之躯箍紧了整个坚实的大地。她展开身子奋力前驱，终于游上海面露出头颈，肥厚的鬃毛高耸入云，巨大的蛇尾从岩石和沙地间升腾而起，翻江倒海。这蛇卷起层层旋流，将纳吉尔法大船送上浪尖，霜巨人赫列姆挥舞着手里的斧头迎接这怪物的到来。巨蛇周身缠绕着扯裂的海草和绳索链条，锁链上悬满了来回摆荡的死尸，嘴巴一开一阖。她在海里翻腾，扭身向着维格利德战场而去。这巨蛇纵声大笑，和她的父兄一样，毒液从两排森森利齿间渗出，滴落在浪峰上燃起火苗。汹涌的海水漫过海岸沙滩，吞没了岩石港口，淹埋了三角洲和沼泽地。整个世界面目全非。

盘绕大地的世界之蛇松动脱身之际，其他束缚也都被纷纷挣开。地狱之犬加尔姆咬断了身上的锁链，跳离冥界加入狼族的大军。天穹上太阳和月亮坐在各自华贵的战车内，拼了命地抽打奔马，永无止歇地向前疾驰，身后两头恶狼不知疲倦地竭力追逐，喉头翻滚，两眼血红。它们看到加尔姆的到来，知道自己的时刻已经来临，于是发足狂奔，竟张口咬住了那一银一黑两匹天马的后臀。马儿吃痛嘶鸣，掀蹄乱窜，日月之光顿时错乱癫狂，世界一时漆黑，一时炽白，一会儿是地狱般的幽暗，一会儿是骇人的血红。恶狼咬断马儿的脖子，又扑向驾车的四位天神，太阳是美丽的妻子，黑夜是温柔的母亲，而月亮和白昼都是英俊的男孩。此刻战车在半空被掀翻滚落，而日月昼夜就被三头恶狼生生撕裂，吮尽鲜血，再囫囵入腹。

人们原以为外界的光亮透过伊密尔头骨上的缝隙孔洞，照耀进来就成了苍穹上的点点繁星。但当狼群放声大笑，纵贯长空奔向维格利德，那些光亮竟渐次从星辰上滴落，就像烧熄的蜡烛或者燃尽的烟花，纷纷扬扬坠落在沸腾焦灼的土地上。芬里厄看见天上的血亲兴奋不已，长声嘶嚎扑上去迎接。它已经长成，伸出长嘴就蹭到天穹，张开下巴就顶到大地。

众神和瓦尔哈拉宫中的勇士们向前进发，抵达了维格利德旷野，那里就是预言已久的决战之地。他们高声怒号，睥睨敌军，个个都如同英勇无畏的狂暴战士——眼下能做的也只有这些。对面群狼厉嗥，毒蛇嘶鸣，面目狰狞的火焰巨人和霜巨人呼喝咆哮，而洛基就伫立在跳动的烈焰间微笑，整个世界都笼罩在血红的火光中。

奥丁亮出他无敌的冈格尼尔长矛，走向芬里厄狼。那畜生颈毛尽竖，眼里闪着恶毒的光亮，张嘴打了个哈欠。奥丁趁势将矛刺进那血盆大口，不想这恶狼抖擞身躯，喀嚓一声咬断长矛，三步就蹿上前来死死攫住奥丁，摇得他骨骼尽裂，又将他活活吞下。恩赫里亚勇士们始料不及，放声恸哭。他们踉踉跄跄地后退几步，又迈向前方，空气里是死一般的沉寂，他们别无选择。

洛基的一对儿女俯瞰着战场。恶狼纵声长笑，巨蛇欢声嘶鸣。雷神托尔满腔悲愤地冲向大蛇，挥舞着拳头提起一柄雷声隆隆的大锤和她恶战良久，终于一锤打碎她的头颅。巨蛇扭曲倒地，朝着他喷吐出汹汹毒液。托尔回身向众神高喊大蛇已被打倒，一切还没有失败，可是自己在翻涌的毒液间只迈出九步，也扑地身亡。

其他的决斗还在上演。独臂的战神蒂尔裹着一袭狼皮，和地狱之犬加尔姆战到筋疲力尽双双倒地，谁也没能再站起。弗雷被苏鲁特的火剑刺中要害。奥丁的小儿子维达尔从满地的尸首间爬过去，一剑刺穿芬里厄血迹斑斑的肚皮。那狼呛声倒地，重重压在这年幼的复仇者身上，令他当场窒息。

洛基冷眼看着一双儿女大肆屠戮，又亲见他们命丧当场。战场上尸横遍野，血肉横飞，守望之神海姆达尔和洛基的决斗一触即发。洛基阴狠狡诈，海姆达尔眼观四方，他们一样无所畏惧，一样殷切期待着宿命的降临。二人近身肉搏，终于同归于尽，尸身至死还交缠不放。

世界成了苏鲁特的天下。他挥动火剑，点燃了生命之树的残枝败叶，烧枯了深埋地下的古老树根。诸神的家园被火海吞噬。芙莉嘉悲痛欲绝，就在那曾经金碧辉煌的宝座上端然坐定，看火舌卷过门槛，吞没了宫殿的基石。她一动不动，裙裾飞扬，任由大火将自己烧成焦黑的一团，湮没在纷飞坠落的灰烬中。

苏鲁特的大火延伸到海底深处，席卷了海藻森林。海底之树的根茎剥裂松动，寄生在树上的迷人海藻也变色枯死，在沸腾的海水间来回摆荡，这儿曾经庇护滋养了无数生灵，现在却成了它们的葬身之地。

很久之后，大火终于熄灭。世界变成一汪波澜不惊的幽黑海面，闪着星星点点的微光，那是外界的光亮又透过之前星辰的孔洞照射进来。一些金色的棋子漂浮起来，在黑色的涟漪间上下漂动。

和平年代的小不点儿

The Thin Child In Peacetime

这末日的画面仿佛镌刻在一片薄薄的黑岩上，打磨圆滑，永远嵌进小不点儿的脑海之中，挥之不去的还有那头恶狼灰蒙蒙的幻影，以及巨蛇鳞光闪烁的盘卷身躯和圆钝的口鼻。对于这本《仙宫和诸神》，她只撷取自己需要的章节，至于后来诸神和人类重回万物复苏的伊达绿野那一部分，她就懒得费神去记去想了。谨慎的德国编者评论说，这场末日复活很可能是基督教信仰对原始结局的篡改。小不点儿对此深信不疑，她需要的正是那滔滔黑水吞噬万物的原始结局。

她脑海中的黑色和书里描绘的黑水是一回事儿，都是知识的一种形式。神话就是这般流传下来：万事万物被编成故事，深植脑海，既非教义也不同于寓言，不可解释也不用解释。现在这片黑色已扎进小不点儿的脑袋，影响到她日后看待所有新鲜事物的方式。

她笃信诸神的终结，就像她笃信父亲将永不复返。可是某天深夜，窗外还是一片漆黑，他竟出乎意料地回来了，事先连个招呼都没打。小不点儿从睡梦中惊醒，看见父亲就站在门口，火红的头发闪耀着光芒，挺括的制服上别着金质的徽章。她纵身扑进父亲的怀抱，战乱期间那小小的脑袋里早筑起层层戒备的高墙，此刻都土崩瓦解，然而关于诸神黄昏的所有记忆，依然像张黑色的磁盘嵌在原地不动。

小不点儿随父母一起回到钢城的家，那是幢灰色的大宅子，后头有片陡峭的花园。房子像是笼罩在一团晦暗的硫黄味的云朵下，他们从乡下回来，老远就闻见这味儿。小不点儿在这闷浊的空气里待得越久，越觉得五脏六腑都绝望地抽紧。

他们回到的这地方在班扬的寓言里似曾相识。那幢老房子建在草岸大道，那是片椭圆形空地，像口长长的平底锅，一条陡峭狭长的小路斜劈下来，通向一处地方叫作幽界。幽界，小不点儿着实还要再长大几岁才能体会这名字的美，而不是急急迸出这两个字儿，接着就想起某间屠夫的肉铺，想起他案板上的尖刀短斧和血淋淋的腿蹄，想起巨型大巴的穿梭和轰鸣，想起那儿的文具店里不单卖报纸，还卖果子露和大块的硬糖。

草岸大道的中央有一大片椭圆形草坪，人们管那一块儿叫绿地，周围一圈矮墩墩的灰色石墙可以当凳子坐，草坪尽头是一排高大的山毛榉和橡树。这里应该曾经是片乡村绿野，你似乎听得到布莱克［应指威廉·布莱克（William Blake，1757—1827），英国第一位重要的浪漫主义诗人。作品有《天真之歌》《经验之歌》等。——译注］

笔下的孩童们欢快的笑声，如今孩子们依旧在这儿嬉戏玩耍，但这块土地却已经被扩大的城市环绕。

小不点儿的父亲喜欢在闲暇时打点自家的花园，不过他的事业越来越成功，空闲的时候也越来越少。所谓花园，就是屋后一小块稀疏平坦的草坪和一间水房，草坪的一头有扇木头拱门，那里藏着小不点儿从婴儿时代开始的记忆。门上覆满了玫瑰的枝条，嫣红绢白蜜粉的花朵缀满枝叶。花园到了这里就陡转直下，通向幽界。战争里玫瑰肆意生长，蔓生进荆棘丛生的灌木丛中，就像童话里写的那样。小不点儿的父亲一边哼着歌儿，一边砌起围栏，修枝剪叶，将玫瑰扎牢在拱门粗实的圆木柱子上，他吮吮被戳伤的手指，哈哈大笑。乡下人拿灰白的石子砌成围墙圈住野地里的羊群，他觉得甚妙，也一筐筐订了来，砌成层层石阶，正好将园内陡然陷落的那一片修缮齐整，两边的花圃里种满了百合、蔷薇、薰衣草、虞美人，还有麝香草和迷迭香。他将一个石砌的旧水池改建成池塘，里面放养了蝌蚪，还有条全身通红的凶猛棘鱼，那是小不点儿某回郊游的战利品，被她起名叫厄斯洛普加斯，那是传说中某位英雄的名字。忽略掉空气中的煤烟味儿，这修缮一新的花园十分可人。小不点儿热爱自己的父亲，也喜欢这花园，可还是觉得呼吸困难。

小不点儿的母亲在战争时期背井离乡，那样果敢聪敏，如今回到自己熟悉舒适的家园，想必从此便能幸福终老。事实上她却饱受病痛的折磨，很久之后小不点儿才知道那病叫日发疟。她向来不擅长陪孩子游戏，小不点儿的印象里母亲会抱来一摞摞读不完的书，却不曾读过哪怕一个故事给她听。战时教书的时候她也结识过几个朋友，玛丽安天天戴一顶绿帽子，帽檐上插着根鲜亮的野鸡毛，撒腿冲过林地，还装模作样地拉弓射箭，假装自己是罗宾汉。她看在眼里，窘迫之极，不确定这种行为是否合宜。小不点儿望一眼母亲，继续做自己的笔记。可母亲确实适应了乡村生活，班上的男孩子们个个都对她万分拥戴，抓了好些活物来献宝——有只毛茸茸的刺猬，甩得地毯上都是跳蚤，还有满满一缸细长的蝾螈，已经长出头冠，正值产卵时期，拼命想要逃出来，最终还是死在煤气灶下，皱缩成可怜巴巴的一团。她把刺猬从后院的墙根放归田野，谎称是它自己逃脱的，结果那孩子隔天又抓来一只，一样地满身跳蚤，她只得再悄悄放走。缸底有大团大团黏糊糊的蛙卵，很快就孵化成满满一缸乌压压的蝌蚪，互相为食。那些日子里她常常散步，亲切地叫出沿路各种花的名字。小不点儿有整整一套花仙子的书，全都是优美的诗句配上精致的插画，犬玫瑰、斑叶阿若母、颠茄、紫罗兰，还有雪花莲和樱草花。

很多年后小不点儿深信，就是她盼望已久的和平断送了母亲的性命。日复一日的琐碎生活击溃了她。她一个人待在家中，用漫长的午觉打发掉整个下午，总说自己得了神经痛和偏头痛。于是小不点儿心里直接把“主妇”和“囚犯”画上等号，虽然她自己不肯承认，但她确是每天提心吊胆，担心自己也要“坐牢”。

战时乡间的记忆，也如一方黑岩嵌进小不点儿的脑海，麦田、草地、白蜡树、山楂、树篱、泥泞的池塘，还有杂草纠葛的河岸。它们仿佛被压缩进一团茸球，球上有探出头来的根须新芽，有飞禽走兽爬虫和游鱼，有一瓦湛蓝的天空，一方油绿的草场，一垅金色的玉米地，还有浓密的绿篱下一片深黑的泥土。那里是她曾被放逐到的小世界，也一度是她的尘世天堂。

夜里她还是喜欢窝在床上看书，兜兜转转，爱不释手的还是《仙宫和诸神》，还有《天路历程》，她俯在床头对着门的那侧，借着机场着陆灯的光亮，一听到下面有什么响动，就像条蛇一样又缩回被子里。灯火管制已经结束，月光照进她卧室的窗户，狂暴的黑影拍打着窗棂，又折上天花板乱舞，一眼望上去，像极了鞭绳扫帚，高高昂起头颅的大蛇，又或是奔跑中的恶狼。那是狂风肆虐拂过窗前的白蜡树，吹得枝叶乱摆，碎影摇动。很小的时候她会被吓到，现在却看得津津有味，还即兴编出角色故事。白蜡树向来自己生根发芽，顽强生长，小不点儿家花园小屋檐下的这株也是如此。

可父亲说这树必须得砍掉，说是这种野树和城市的庭院很不相宜。小不点儿很爱那棵树，也爱自己的父亲，可不管她怎么央求，父亲还是不为所动。她眼睁睁地看他拎着斧子朝那树走过去，哼着歌儿，将好端端的树肢解成一捆捆的圆木和枝丫，只留下一截树桩。小不点儿脑海中的一扇大门就此关闭，她告诉自己从今往后要适应这平淡的生活，宅子，花园，餐桌上久违的黄油奶酪和可口蜂蜜。她该好好品尝和平年代的滋味。

然而，那扇紧闭的大门之外，是她战时无意间走进的那个辉煌的暗黑世界。在那里，四季常青的世界之树和亘古不变的彩虹桥，眨眼间就灰飞烟灭。狰狞的恶狼颈毛尽竖，牙上沾满鲜血。丰润的海藻覆满巨蛇的脑袋，洛基在渔网和蹿动的火焰间狞笑，状如长角的命运之船嵌满了死人的指甲，还有芬布尔之冬和苏鲁特的大火，一切的最后，都坠入漆黑的大海，被混沌的黑暗吞没。

关于神话的思考

Thoughts On Myths

神话一词起源于希腊语，指人们交口相传而非真实发生的故事。我们以为神话就是故事，而希瑟·奥多诺戈在她那本有趣的北欧神话［希瑟·奥多诺戈（Heather O'Donoghue），英国学者、作家，牛津大学古斯堪的纳维亚语讲师，主要研究方向为文学。此处应指其著作*From Asgard to Valhalla: The Remarkable History of the Norse Myths*。——译注］的引言部分就提到，也有压根不是故事的神话。我们总草率地认为，神话或者解释世界的起源，或者把它具象，而凯伦·阿姆斯特朗在她的《神话简史》中指出，神话是从人类的角度理解万物，赋予它们意义（比如把太阳说成天穹上由妇人驾驭的战车），而这一切几乎都“基于死亡和对灭绝的恐惧”。尼采在《悲剧的诞生》一书中，把神话看作构建在日神追求秩序和形式的原则之上的梦境和故事，使人们免受散漫混乱、把毁灭当成极乐的酒神精神影响。悲剧代替了音乐的原始力量，将诸神、恶魔和男男女女美丽而虚幻的形象呈现于我们眼前，更加容易理解。他写道：

> 没有神话，一切文化都会丧失其健康的天然创造力。唯有一种用神话调整的视野，才把全部文化运动规束为统一体。一切想象力和日神的梦幻力，唯有凭借神话，才得免于漫无边际的游荡。神话的形象必是不可察觉却又无处不在的守护神，年轻的心灵在它的庇护下成长，成年的男子用它

的象征解说自己的生活和斗争。

尼采推崇的英雄是埃斯库罗斯和索福克勒斯悲剧中的神话人物，他不赞同欧里庇得斯作品中的处理，将众神人性化，赋予每个人物独立的性格特性。

很小的时候我就察觉，比起童话和其他真实或虚构的故事，读神话的感觉大不相同。神话中的神灵、恶魔和其他角色不像小说里的人物那么个性鲜明。

他们没有心理活动，尽管神话人物俄狄浦斯正是弗洛伊德描述的潜意识心理现象的原型。他们有各自的特性——赫拉和芙莉嘉的本质是嫉妒，托尔野蛮，马尔斯好战，巴尔德英俊而温和，艾菲索斯的戴安娜象征着纯洁与富饶。我记得第一次看见戴安娜女神的石像，看见她胸前层层叠叠的众多乳房，才明白为什么她如此真切地活在人们心中——人们信仰她，崇拜她，认为这世界都依赖于她的存在。

神话特质会让小说里的人物更加戏剧化，有时也让他们更加真实。

堂吉诃德一直试图进入神话世界，而现实和他幻想世界之间的鸿沟正体现了神话的力量。安娜·卡列尼娜、梅什金公爵、包法利夫人、古斯塔夫·冯·阿申巴赫这些人物都有其独特的个性特质，可正是言行举止中不近人情的神话色彩让他们的命运更加曲折。尼采所谓的日神和酒神精神在阿申巴赫的身上交战，梅什金公爵是个凡人，却想成为圣徒。过去几年来我在夜校里教授“小说中的神话与现实”，课上我们在许多现实主义的小说中找到了神话的脉络。我自己的小说也不例外，神话作为主线贯穿于叙述当中，构成了书的主要部分，也影响着书中人物看待世界的方式。

我选取北欧神话《诸神的黄昏》作为写作题材，是因为孩提时那本百读不厌的《仙宫和诸神》让我第一次体会到神话和童话的差别。我并未信奉书中的诸神，却直觉神话和基督教传说大不相同，同是关于万物本源的故事，后者却远没有这么妙趣横生扣人心弦。神话又不像童话那样给人情节上的满足，故事翻来覆去，都是基于同一叙事模式的没完没了的重复变奏，而读者就以分辨为乐。如果你受得了反派人物的血腥暴力和恐怖下场，那么每个童话都铁定有个讨好的大团圆结局，好人活到最后，子孙满堂，坏人受到惩罚。格林兄弟认为他们收集到的童话故事是从日耳曼祖先那里流传下来的古老民间信仰，其实也不尽然。安徒生就很少写这种冷冰冰的故事，他的童话笔触细腻，人物个性鲜明，感情丰富，故事真正被作家赋予了灵魂和想象的魔力。作为读者，我常常不自觉地被带入其中，有时胆战心惊，有时黯然神伤，至今仍是如此。

神话却往往不尽如人意，甚至平添烦扰，读完后困惑丛生，挥之不去。它在我们脑海中重新塑造了整个世界，不是为了赏心悦目，而是为了解惑答疑。借用我学生时代流行的一个词，它代表着超自然力。童话犹如一串串晶莹的项链，嵌着精雕细琢的宝石、檀木和珐琅。而神话就仿佛幽深的黑洞，透过乌云的遮蔽，在黑暗中闪耀着璀璨神秘的光亮。母亲曾让我读过一首诗，W. J. 特纳的《罗曼史》，描述的就是这种为神话神魂颠倒的情形。

十三岁左右，
我去到一个黄金国，
钦博拉索山、科多帕希山，
王子牵着我的手。

父亲去世后，
弟弟也没活多久，
我站在阳光下的烟峰，
转瞬一梦中。

我依稀听见主人的声音，
还有男孩们嬉闹的响动，

钦博拉索山、科多帕希山，
已经把我带走。

上学放学的来回路上，
我走在金色的迷梦中，
阳光闪耀的烟峰下，
街道上落满尘土。

那个黑得发亮的小男孩，
我却从来没理会，
钦博拉索山、科多帕希山，
已经让我开不了口。

他分明为我着迷，
笑容比花儿还美，
哦，阳光闪耀的烟峰，
这都是你的魔咒。

房屋、人群、车辆，
不过是稀薄黯淡的梦境，
钦博拉索山、科多帕希山，

已带走我的魂魄和所有！

我明白这种心情，这种迷恋另外一个世界的感觉。不过让我念念不忘的不是钦博拉索山和科多帕希山，而是金恩加格、世界之树和诸神的黄昏。其他书里也有这样让人心驰神往的片段，比如埃涅阿斯看见库迈的女先知西彼拉在洞穴中痛苦地扭动，比如弥尔顿笔下的大蛇舒展开盘旋的身躯，径直折向天堂复仇。

所以当坎农格特出版社提出要我写一个神话，我立刻就想到诸神的黄昏，那是神话的终结，也是诸神的末日。这个故事的有些版本里说世界先是湮没在一望无际的幽黑死水中，之后又从海中浮起，明净如洗，万物复苏，就像基督教里末日审判后的新世界。有些书中说这类结局很可能出自基督教信仰的侵入改写，我也觉得和壮丽的毁灭终结相比，这个复活的桥段太过单薄。倒不如就让恶狼吞噬了众神之王，让托尔葬身于巨蛇的毒液之中，让万物在通红的火光里化为灰烬，让无边的黑暗将一切掩埋，这样的结局才算理想。

我不愿意把神话写成预言、赞美诗或者劝诫文，不过直到真正下笔才发觉这比我想的要难。我一直觉得现代文明中人们接触到的原汁原味的神话越来越少，而坎农格特“重述神话”系列的其他作家似乎都倾向于将神话改写成小说或者现代故事，在重述时赋予人物鲜活的个性和丰富的心理活动。还有一本讲述北欧神话的书尤其有趣，是丹麦小说家维利·瑟伦森所著的《诸神的覆灭》，先以丹麦语出版，后来又被译成英文。据瑟伦森自己说，他成长在葛隆维牧师所宣扬的基督教义盛行的年代，葛隆维在1808年出版的《北方神话》一书中提出：北欧神族和巨人们的战争是“人类的精神世界和底层需求之间的斗争，正如文明与野蛮之间恒久的战斗”。据《埃达》中的一首诗里描写，诸神覆灭后又有一个名为津利的“新世界”从废墟中升起，葛隆维的拥趸者们认为这跟基督复临一样，是神迹的启示，预言了崭新的天空和大地的诞生。而瑟伦森却认为，由于记载下这些传说的冰岛人本身就是基督徒，所以他们的解读和表现手法难免受到基督教的影响，《仙宫和诸神》的德国作者也抱持同样的观点。丹麦人在1864年被普鲁士人打败，此后传说中才有了诸神的黄昏过后所谓的“新世界”津利，瓦格纳的历史剧《诸神的黄昏》里就包含了这种日耳曼文化(最终发展为纳粹思想)对神话的影响，某种程度上，瑟伦森的版本正是试图将斯堪的纳维亚神话从其中拯救出来。

瑟伦森将北欧神话改写为一场权力与爱情的战争，中心人物洛基既是火神，又是冰霜巨人的后裔，充满了戏剧冲突。瑟伦森笔下的瓦尔哈拉宫是个人性化的大家庭，众神一样有感情，有疑惑，有心理问题。

这个版本中没有津利，而以世界的覆灭告终。作者说自己在两种结局之间选择，最后的处理让虔诚的丹麦人大为恼火。有趣的是，这恰恰是我想做而没能做到的。

我一度尝试在讲述神话的同时保留它们原先的距离感和别样的风味，最终发觉我是在写自己的童年，写我如何接触到神话，写我初次读到《仙宫和诸神》时眼中的世界。所以我引入了“战争里的小不点儿”这个人物。不过她不是故事的主角，她叫作“小不点儿”因为她本身瘦小，也因为她的世界那样简单，又那样美好，她那善于阅读和思考的脑袋，早已将仙宫和《天路历程》与她生活的世界联系起来。

战争也许摧毁了小不点儿生活的世界，不过她在脑海中却建立起一个截然不同的神话王国。她自己终将老去，这片土地却始终生生不息。田野里开满鲜花，天空中鸟儿歌唱，杂草纠葛的河岸上隐藏着一个艰难的小世界，河流中鱼儿悠游，蠕虫蜿蜒。众神的终结是一个线性故事，有起点、中点和尽头，人生亦然。神话走向毁灭，毁灭引来复苏。小不点儿相信万物生长正如四季流转，循环往复，无穷无尽。

然而如果你要写一版21世纪的《诸神的黄昏》，脑海中挥之不去的又是另一种结局。人类降生到这个世界，就是为了终结它。我们中的大部分并非天性邪恶或者心怀怨恨，但人类本身确是一个失衡的物种，我们极其聪明而又贪婪，族群庞大肆意繁衍，却又与生俱来地目光短浅。地球上每一天都有物种灭绝，斑斓的珊瑚白化褪色，北海中小不点儿曾用渔线和钓钩捉住的鳕鱼，昔日似乎取之不尽，如今也已经绝迹。人类的诸多工程都在毁灭这个世界，他们雄心勃勃，创意十足，在深海里开采油井，在年年野兽成群迁徙的赛伦盖蒂国家公园修建纵贯草原的高速公路，在干旱的秘鲁种植芦笋。他们用氦气球运送作物，确实廉价而低碳，可农场本身却消耗了大量淡水资源，让其他物种的生存变得岌岌可危。所以我想写的不是寓言或者布道，而是我们身处的这个“米德加德”的消亡。几乎所有我认识的科学家都认为人类正急速将自己推向灭亡的深渊，小不点儿眼中生生不息的田间野草，如今多半都已在现代耕作方式下灭绝。再也看不到成群的田凫盘旋飞起，看不到画眉衔起蜗牛摔向石块，就连麻雀也已从花园中销声匿迹。某种程度上来说，米德加德巨蟒算是我故事里的中心角色，她喜欢杀戮和挥霍，并且以此为乐，她吞下成群的海鱼，碾过惨白的珊瑚，朝着大地喷吐毒液，因为这原本就是她的天性。当我开始动笔时，脑海中确实浮现出一个隐喻——那艘由死人指甲黏合而成的命运之船纳吉尔法，其实象征着比德克萨斯州还要庞大的太平洋垃圾漩涡，强大的涡流将塑料垃圾聚集一处，盘旋翻卷，永不停歇。我想起探险家托尔·海尔达尔在1947年乘坐“康提基”号木筏出航远征，从空荡荡的海面上捞起一只漂浮的塑料杯，尚且苦恼不已，时隔多年，如今的海洋环境已是触目惊心。尽管如此，我还是想写下这神话原本的样子，写下小不点儿心中的那个世界。

我之前提到不想将诸神人性化，但路德维希·费尔巴哈[路德维希·费尔巴哈（Ludwig Feuerbach，1804—1872），德国哲学家。——译注]关于神灵、人性和道德的警句却一直在脑海中盘旋。这位睿智的思想家写下“人是人的上帝”，认为代表着爱情、愤怒、勇气和博爱的诸神在本质上不过是人类情感和品质的映射。他所谈论的是基督教中人性化了的上帝，或称之为人造上帝。乔治·艾略特[乔治·艾略特（George Eliot，1819－1880），英国小说家，与狄更斯和萨克雷齐名。其主要作品有《弗洛斯河上的磨坊》《米德尔马契》等。——译注]翻译了他的著作《基督教的本质》，译得明白晓畅，而这本书更是深刻影响到之后她自己的作品。但是，北欧神话中诸神人性的一面却以很奇特的方式展现出来。他们心胸狭隘、目光短浅、贪婪好战、热衷享乐、冷漠嗜杀。他们明知末日即将到来，但谁都没有试图去阻止或改变什么；他们可以英勇无畏地战死沙场，却不懂得如何改善所处的这个世界。霍布斯有句名言人对人是狼，指的便是人类内心的阴暗面。他将人类描述为孤僻、卑鄙、阴险、残忍、浅薄的物种。这样看来，洛基虽然肆意妄为、反复无常又尖锐刻薄，但却是最机智灵敏的一个了。

德里克·库克在其著作《我看到世界尽头》中，细致地分析了瓦格纳的《尼伯龙根的指环》，揭示了作者如何巧妙地借助古代神话来塑造主人公罗杰的形象。库克认为，瓦格纳笔下的罗杰既是火神，也是智慧之神。古代神话中的洛基只能算半个天神，而且很可能与巨人或恶魔有联系，这或许是出于词源上的误解，将日耳曼语中的火神罗吉等同于《埃达》中的洛基，而瓦格纳剧中的罗杰则既是解决难题的高手，又是最终引燃了世界之树的冒失鬼。早在孩提时期，我就对洛基怀抱同情，觉得他是个被孤立的智者，而当我着手撰写此书时，我意识到洛基所感兴趣的，其实是纷乱混沌的状态。火焰和瀑布时常见诸洛基的事迹，它们看似无所定形，但无序论者却能察觉到其间隐藏的规律。洛基所感兴趣的，是破坏中隐含的秩序和秩序中潜藏的破坏。如果要我写一则寓言，那么洛基必定是故事中游离的智者，他若不是拯救世界，便是加速它的瓦解。无论如何，世界末日终将到来，因为不管是世俗好斗的诸神，还是诡谲暴躁的洛基，终究都未能找到解救的办法。

参考文献

Bibliography

The myths

Boyer, Regis, ed. and trans., *L' Edda Poetique*. (Paris: Fayard, 1992) In French: with useful scholarly essays .

Magee, Elizabeth, selec. and ed., *Legends of the Ring*. (London: Folio Society, 2004) This large collection includes translations of parts of the *Prose Edda* by Jean L. Young, and some felicitous translations of *The Mythological Poems of the Elder Edda* by Patricia Terry.

Sturluson, Snorri, *Edda*, ed. and trans. Anthony Faulkes. (London: Everyman, 1987)

Stange, Manfred, ed., *Die Edda*. (Wiesbaden: Marixverlag, 2004) In German; a lively version.

Wagner, W., *Asgard and the Gods*, adap. M.W. Macdowall, and ed. W.S. W. Anson. (London: 1880)

Writings on the myths

Armstrong, Karen, *A Short History of Myth*. (Edinburgh: Canongate Books, 2005)

Boyer, Regis, Yggdrasil. *La religion des anciens Scandinaves.*(Paris: Bibliotheque historique Payot, 1981, 1992)Authoritative and Imaginative.

Cooke, Deryck. *I Saw the Word End. A Study of Wagner's Ring.*

(London: Clarendon Paperbacks, 1976) This unfortunately posthumously published and uncompleted study of Wagner's operas is full of interesting ideas and information about the myths and Wagner's use of them.

Nietzsche, Friedrich, *The Birth of Tragedy and The Genealogy of Morals,* trans. Francis Golffing. (New York: Anchor Books, 1956) *Die Geburt der Tragodie* was first published in Germany in 1872.

O'Donoghue, Heather, *From Asgard to Valhalla*. (London: I.B. Tauris and Co., 2007)Studies both the myths and later literary uses of them .

Sorensen, Villy, *Ragnarok*(1982), in Danish; trans. Paula Hostrup-Jessen, as *The Downfall of the Gods*. (Lincoln, NE: University of Nebraska Press, 1989)

Steinsland, Gro, Norron Religion.(Oslo:Pax Forlag,2005)A beautifully illustrated and interesting study which should be available in English.

Turville-Petre, E.O.G., *Myth and Religion of the North Holt*. (London: Weidenfeld and Nicholson, 1964)

Some plants and creatures

Ellis, Richard, *Sea Dragons*. (Lawrence, KS: University Press of

Kansas,2003)

Ellis, Richard, *Encyclopedia of the sea*. (New York: Alfred A. Knopt,2006)

Gibson, Ray, Benedict Hextall and Alex Rogers, *Photographic Guide to the Sea and Shore Life of Britain and North-West Europe.* (Oxford: Oxford University Press ,2001)

Huxley, *Anthony, Plant and Planet*. (London:Allen Lane,1974);revised edition(London:Pelican,1978)

Jones, Steve, *Coral: A Pessimist in Paradise*. (New York: Little, Brown, 2007)

Kurlansky, Mark, *Cod.*(New York: Vintage,1999)

Mech, L. David, *The Wolf: The ecology and behaviour of an endangered species*.(Minneapolis, MN: University of Minnesota Press.1970,1981)

Mech,L. David, and Luigi Boitani, eds., *Wolves: Behaviour, Ecology and Conservation*.(Chicago: University of Chicago Press,2003)

Tudge, Colin, *The Secret Life of Trees: How They Live and Why*

They Matter.(London: Penguin,2006)

Warnings

Ellis, Richard, *The Empty Ocean*. (Washington, DC: Island Press/ Shearwater Books,2003)

Harvey, Graham, *The Killing of the Countryside*. (London: Jonathan Cape,1997)

Pauly, Daniel, and Jay Maclean, *In a Perfect Ocean: The State of Fisheries and Ecosystems in the North Atlantic Ocean*. (Washington, DC: Island Press,2003)

Rees, Martin, *Our Final Hour*. (New York: Basic Books,2003)

Roberts, Callum, *The Unnatural History of the Sea: The Past and Future of Humanity and Fishing*.(London: Octopus,2007)

And chaos···

Gleick, James, *Chaos: Making a NewScience*.(New York: Viking Penguin,1987; and various editions from then on)

致谢

Acknowledgements

我要感谢杰米·拜恩对此书怀有的巨大热情，还有弗朗西斯·比克莫在编辑过程中付出的才智和耐心，同时我也要感谢诺拉·珀金斯。我的好友简妮·乌格劳在成书过程中与我分享了她对北欧神话的见解和热情，让我受益匪浅。我尤其要感谢丹麦翻译家克劳斯·贝克，他向我提供了维利·瑟伦森《诸神的黄昏》一书的丹麦文和英文两个版本，并教会我诸多鱼类的丹麦语名字。德语译者米莱妮·瓦尔兹帮助我更好地了解了德文版的北欧神话。我的代理人黛博拉·罗杰斯极为热心地给予我各种帮助，来自罗杰斯·柯勒律治和怀特公司的莫赫森·沙阿将一切都打理得井井有条。我还要特别感谢我的丈夫彼得·杜非，无论是牢骚、困惑和喜悦，他都一如既往地聆听，并给出他的建议。最后我要感谢亲爱的女儿米兰达·杜非，她对狼有过专门的研究，告诉我该看哪些书，又为我讲解了狼的习性。

拜雅特小传

Byatt’s Biography

A.S.拜雅特（Antonia Susan Byatt），英国学者、文学评论家和小说家。1936年8月出生于英国谢菲尔德，1957年在剑桥大学获学士学位，1972—1983年在伦敦大学任教。之后辞去高级教师职位，致力于文学创作，同年成为英国皇家文学协会会员，1999年获颁大英帝国爵士勋章。

拜雅特的主要作品有《太阳的影子》（*The Shadow of a Sun*，1964）、《游戏》（*The Game*，1967）、《花园少女》（*The Virgin in the Garden*，1978）、《宁静生活》（*Still Life*，1985）、《巴别塔》（*Babel Tower*，1995）、《吹口哨的女人》（*A Whistling Woman*，2002）等。其中《占有：一段罗曼史》（*Possession: A Romance*，1990，中文版本也有译为《隐之书》），作为后现代主义小说的杰出典范，获得了当代英语小说界最高奖项布克奖。《泰晤士报》称赞其为“自1945年以来英国最伟大的50位作家之一”。

拜雅特小说列表

A List of Byatt’s Novels

《太阳的影子》

《游戏》

《花园少女》

《宁静生活》

《糖和其他故事》

《隐之书》

《天使与昆虫》

《马蒂斯的故事》

《夜莺眼中的精灵》

《巴别塔》

《基本要素：火与冰的故事》

《传记作家的故事》

《吹口哨的女人》

《小黑故事书》

《儿童书》

拜雅特文集列表

A List of Byatt’s Anthology

《自由度：艾里斯·默多克小说研究》

《不羁年代：华兹华斯和柯勒律治的时代》

《心灵的激情》

《想象人物》(与英格尼斯·索德黑合著)

《论历史与故事》

《小说中的肖像》

《回忆：文集》(与哈里特·哈维·伍德合编)

版贸核渝字（2018）第196号
图书在版编目（CIP）数据

诸神的黄昏：北欧神话中的灾变末日 /（英）A.S.拜雅特著；姚小菡译. --重庆：重庆出版社，2020.8
书名原文：Ragnarok: The End of the Gods
ISBN 978-7-229-14915-4

Ⅰ.①诸… Ⅱ.①A… ②姚… Ⅲ.①长篇小说－英国－现代 Ⅳ.①I561.45

中国版本图书馆CIP数据核字（2020）第041271号

诸神的黄昏：北欧神话中的灾变末日

［英］A.S.拜雅特 著 姚小菡 译

策　　划：华章同人
出版监制：徐宪江
责任编辑：秦 琥 唐晨雨
责任印制：杨 宁
营销编辑：史青苗 黄聪慧
装帧设计：潘振宇 774038217@qq.com

重庆出版集团
重庆出版社 出版

（重庆市南岸区南滨路162号1幢）
投稿邮箱：bjhztr@vip.163.com
北京汇瑞嘉合文化发展有限公司 印刷
重庆出版集团图书发行有限公司 发行
邮购电话：010-85869375/76/78转810
重庆出版社天猫旗舰店
cqcbs.tmall.com
全国新华书店经销

开本：850mm×1168mm 1/32 印张：5 字数：84千
2020年8月第1版 2021年7月第2次印刷
定价：42.00元

如有印装质量问题，请致电023-61520678